文春文庫

ウェイティング・バー

林 真理子

文藝春秋

ウェイティング・バー

目次

装画　石橋澄

ウェイティング・バー

つわぶきの花

笹本武義《たけよし》の家は、目印にされることが多い。ちょうど角地にあることもあるが、このあたりではもう珍しくなった生け垣の庭だからだ。

武義の住んでいる町は、ついこのあいだまで静かな住宅地だった。バス停の二つ先には白菜畑が続いていたし、竹林もあった。決して高級などという形容詞がつく場所ではなかったが、それでもきちんとしたところに勤めるサラリーマンが余裕を持って家を建て、まわりには木や花を植えた。少なくとも、武義がここに引越してきた二十年前には、そんな風情があった。

最近の、あたりの変貌のすさまじさに、もう驚くまいと武義は思っている。自分のところとそう大差はない、七十坪だか八十坪の家が分割され、売られ、それぞれにまた家が建てられる。

分割されなければ、二つ、三つの家がまとめられ、つぶされ、小綺麗なマンションができあがる。

気がつくと昔の姿のままの家は、数えるほどになった。それが主《あるじ》の不甲斐なさのように言われるおかしな世の中である。新築もできず改装を重ね、だましだまし使っているからといって、なんのひけめがあろうかと武義は思う。子どもを育てあげてきた勤め人なら、それがあたり前のことではないか。

しかし妻の邦子は、古い木造の二階家が不満でたまらないらしい。台所が不便だとか、間取りが使いづらくなったとたえずこぼしている。邦子が羨ましくてたまらないのは、二世帯住宅というやつだ。敷地いっぱいに建てられた白いプレハブ住宅、あそこには玄関が二つあるのよ、と邦子は自分の手柄のように言う。

下が老夫婦、二階は若夫婦が住めるの。お互いのプライバシーはしっかり守られていて、だけど何かと助け合えるわけよ。この頃そういうのが増えているんですって。ローンも親子二代で払えるのがあるのよ。ねぇ、知らなかった？

口にこそ出さなかったが、邦子はあの頃、末娘の美保にその夢を託していたらしい。

武義と邦子には、娘が二人いる。姉の絵里の方は十年前に嫁いで、すでに二児の母親だ。総領娘らしいしっかりした性格で、成績も小学校の頃からとび抜けてよかった。初めての子どもであったたし、武義はこの娘によって、人生のネジを締め直したと思うことがたびたびある。

それまで団地に住んでいたのであるが、絵里が国立大の付属中学に合格した時に、邦子が意を決したように言った。

付属に通う子どもが、団地住まいでは可哀想だ。どうしても地べたつきの家に住みたい。

地価は今と比べものにならない安さだったが、それでも大層無理をした。その頃まだ生きていた母親が、自分名義の田舎の土地を売って金を工面してくれ、当時は急行も止まらなかった私鉄沿線に小さな家を建てた。離れて生まれた美保はまだ六つの頃だ。

もちろん庭づくりにまわす金などなくて、邦子がどこからか、アジサイやツツジの株をもらってきた。ブロック塀が流行《はや》り出した頃だが、武義はあの灰色の無数に穴が開いている質感がどうにも好きになれず、低いマサキを植えてもらった。近所のたいていの家も、その頃は生け垣だったのである。判で押したように飼っている犬はスピッツだった。

スピッツが老い、やがて消えていったように、今ではマサキの生け垣など少なくなった。

いずれは石塀にしようと心がけていたこともあるが、ある時から石材がおそろしいような値段につり上がった。絵里が金のかかる有名私大に進学した。邦子が子宮筋腫で入院した。その時々を息をこらして乗りきっていくうちに、塀にまわす金など、どうでもいいことに思われてくる。そんなことの繰り返しだった。

　つまり、あてがはずれたのだ。

　武義は冬でも色があせるだけの、常緑樹を見ながらそう考える。この家を建てた頃、邦子と自分が抱いていたさまざまな計画は、そう残酷でないかたちで、少しずつうち砕かれた。停年延長になるほどの出世はかなわず、さ来年は六十歳になる。〝金喰い虫〟と武義が密かによんだ絵里は、大学を出るやいなや結婚した。

　武義も邦子も、そう新しい思想の持ち主というわけではないが、旧弊のつもりもない。一生結婚せずに働くといわれても困っただろうが、二十二やそこらで嫁ぐことには不満だった。平凡なサラリーマンの娘として、自分の嫁入り支度ぐらいは稼いでからにしてほしかったし、あれほど聡明で意欲的な娘が、結婚という二文字に目つぶしをくらわせられたようになっているのも意外だった。しかも相手の男は、大学の先輩とかで、東京の物もちの長男だった。そうみっともなくないことを……邦子がつぶやいているうちに、あらかたの定期預金と株が消えた。

　塀はあいかわらずマサキのままだ。そして本当のことを言えば、武義はこれが気に入っている。そうたいした家でもないくせに、ブロックや石で、まわりを城壁のように囲むところばかり増えている中にあって、この塀はいかにもやさしげだ。知らない人がのぞくと邦子は嫌がるが、それがなんであろう。こうして草むしりをしていれば、近所の老人が声をかけるし、道を尋ねられる事もたまにはあって、それも武義の楽しみだった。

ゆったりした町並みが急にせせこましくなり、その合間にマンションが建つ。初めて訪れた者にはわかりづらい表示らしく、日曜日など、菓子折らしいものを抱えた女が、おずおずと声をかける。

あのおー、このあたりに、小野さんというお宅はありませんか。

街中とは違ってそれなりの礼儀は守るし、やはり他人の庭先に声をかけるのは遠慮があるに違いない。そのためらう様子も、武義には見よいものであった。

お父さんたら、すっかり庭いじりが趣味になっちゃって……。

邦子が娘たちにせつなそうに話すのを聞いたことがある。それは武義が閑職にまわされたことを暗に含んでいるのだ。確かに家に帰る時間は早くなったし、土日のゴルフの誘いも極端に少なくなった。だからといって、黙々と金のかからない園芸をしているわけではない。土と木の感触が性に合ったと武義は思っている。

土の色は季節によって違う。それを掘り起こし、やわらかく崩していくと、中の水分がいきわたって、さらにさえざえとした茶色になる。種をまき、株を植える。雑草をむしる。やがて春か秋になると、間違いなく花が咲いた。もちろんひょろひょろと発育不全のものや、そのまますぐに枯れるものもあるが、どれも正確な季節に芽を出し、葉をつける。それは武義が知っている限り、いちばんの〝あてがはずれない〟ものであり、しかも肥料と水以外、何も要求しなかったのである。

夏の盛りほどではないが、秋の中頃になってもしつこく雑草ははびこる。それもベランダと土の境めのあたりに、太い茎の、力強い根のものが生えている。手鎌でほじくり出しても、根はさらに土中深く生えているようだ。

えい、えい。

いつのまにか鎌の先を、ベランダの敷居にぶつけていた。

やりきれない思いが、唾液のようにこみあげてくる。雑草取りというのは、炎天下を除けば、武義の好きな仕事だった。小さな芽までもきちょうめんに摘んでやると、地面が晴々とした素顔を見せる。けれど朝晩の寒さのためか、土はややかじかんでいて、なかなか鎌が入らない。それは武義をますますいらだたせている。

恥さらしの女どもめ。

女どもというのは、邦子と娘の美保のことだ。さっき二人は連れ立ってデパートに出かけた。邦子はさすがに遠慮がちに、遅くならないうちに帰ってきますからと声をかけたが、武義は返事をしなかった。

駅に行く道を歩く、二人の会話が聞こえてくるようだ。

いつまで怒っているつもりなのかしら、お父さん。あきらめるってことを知らない人だからね。ま、徐々にほぐしていけばいいのよ。

この半年間のことは、まるで悪い夢を見ているようだったと武義は思う。娘が妻子ある男と恋におちた。それは突然ふりかかった事故のようで、今考えても歯ぎしりしたいような気分になる。世間ではいくらでも聞く話だし、朝晩行きかえりの電車の中で読む週刊誌には、その類の話がいくらでも出てくる。しかし自分のいる世界は、そういう猥雑さとは無縁だと武義は信じていたのである。いや、信じるという言葉は正しくないかもしれぬ。その強い言葉を使うほど、武義は自分の娘をしげしげと観察したり、その方面の興味を抱いたことがなかった。

幼い頃はそれなりに可愛がったつもりだが、二十歳をすぎた娘というのは、ほとんど父親の視野に入ってこない。短大時代から毎晩帰宅は遅かったし、日曜日は必ずといっていいほどどこかへ出かけていた。たまに夕食を共にしても、すぐに自分の部屋に入ってしまう。

しかしそうだからといって、美保がことさらぶっきら棒な娘というわけでもない。年頃の娘と、どうやって視線を合わせていいのか武義自身がわからなかったところがある。長女の時は、とにかく邦子と一緒に気を張りつめていた。絵里が付属に合格した時などはかなり本気で、将来は医者にしたいなどと二人で話し合ったこともある。しかし絵里はただの女子大生になり、すぐさまただの主婦になった。全くあてがはずれたのである。それだからこそ手を抜くということではないが、年の離れた次女は、素直にのびのび育てたいと武義は考えた。

美保はいわゆる優等生ではなく、動作もひどくのんびりしていた。ただ友人たちから人気があった。誕生日パーティーにはやたら呼ばれ、ポケットを菓子でいっぱいにして帰ってきた。

そうさ、女の子は性格のいいのがいちばんさ。武義は妻のそんな報告を目を細めて聞いたものだ。

器量が絵里よりずっと上だと言ったのは、確か親戚の女ではなかっただろうか。法事の席に二人を連れていった時だ。

色が白くて可愛い顔をしてる。お姉さんよりずっと美人になるね。

年頃の娘を前に、なんと無遠慮にずけずけ言うのだろうかと、武義は顔をしかめたが、高校生だった絵里は知らん顔していた。おかっぱ髪の美保にいたっては、まだ意味がよくわからないようであった。

娘になってもおっとりしている性格はあいかわらずで、大学も短大でいいと言う。卒業後は武義の友人の口ききで中堅の繊維会社に入ったが、そこでも楽しげに勤めているようであった。

親戚の女が予言したとおりの美人にはならなかったものの、そう悪くはないのではないかと武義は時々盗み見する。娘を見る父親の視線が、盗み見になるのは仕方ないことで、そうでもなければきちんと見せてくれないのだ。

子どもの時から色白だったが、それに多少のピンクが加わっている。素顔でいても、頬のあたりがぽうっと刷毛《はけ》で紅をはいたようだ。髪の毛がやや茶色がかっていて、眉がたよりないほどやわらかい。

その娘がある日突然、

私たちは絶対に別れない。

と叫んだ時の、武義の驚きといったらなかった。自分の娘が不倫の恋をしているというだけで、脳天をたち割られたような思いなのに、しかも結婚したいと言い出したのだ。

彼も奥さんとは別れるって言ってます。ちゃんと、本当にちゃんとするから、だから許して。

武義の口をついて出た言葉は、こんな時、父親なら必ず言うであろうものであった。

相手の奥さんや子どもを不幸にして、それでもいいと思っているのか。

すると美保はそれには全くひるまず、首を横にふる。

ううん、不幸ってそんなことじゃないわ。愛してる者同士が結ばれないことの方が、ずっと不幸だと思うわ。

馬鹿野郎。

目の前のやわらかいものを思いきり打った。その時、頬を押さえてうずくまりながら、じっとこちらを見つめる美保の光る目を見て、
ああ、こいつは男を知っているな。

と武義は思った。考えてみれば結婚したい男がいて、もう美保は二十五歳だったのだから、不思議でもなんでもない。しかし、その事実に胸を衝かれた。せつなさに息苦しくなった。

それから続いた出来事は、武義にとって思い出したくないことばかりだ。まず男がやってきた。三十四歳の背の高い猫背の男だ。武義は当然のこととして、その男を玄関で追い払った。

その後、美保は邦子を味方につけることを考えついたらしい。どうやら三人で外で会っていたようだ。

向こうさんは真剣だわ。

しばらくたったある日、邦子がふと思いついたような口調で言った。

奥さんと子どものことは、できる限りのことをする。どんなことをしても美保と結婚したいと言ってるわ。

そしてため息をついた。

美保も本気だし、なんか二人が可哀想になっちゃってねぇ。女は好きな人と結婚するのがいちばんの幸せなのよ。

妻の口調にはあきらかに羨望が込められていて、武義は目をむく。邦子とは見合いの結婚である。武義の家は、その地方ではわりといい部類に入る旧家であった。何枚も見合い写真が届けられ、何回か女たちと会った。邦子は確か五回目か六回目にあたる相手で、着ているものがいちばんいいと、めざとく後で母が言った。終戦の傷が癒えていない頃で、上等の振袖を着てくる娘などまだ珍しかったのだ。新制になった高校を出た後、勤めをせずに家にいたというのが決め手となったといってもいい。武義の母が、アプレなんとかだけはご免被りたいからなどと言って、話はとんとん拍子に決まったのだ。

武義は自分が男にしては大きすぎる二皮目《ふたかわめ》なのをあまり好きになれなかった。いかにも軽薄そうな印象をあたえる。だから邦子の、眠たげな一重の目は、武義を頷《うなず》かせる原因となった。

そうだよ。ああいう目の女が家に入れるにはいちばんいいよ。しっかり者の目だ。

母が言ったとおり、邦子は嫁いだ次の日から、甲斐甲斐しくふるまった。やりくりがうまく、ものを決して粗末にしない。絵里を分不相応な学校へやれたのも、邦子の才覚に負うところが大きいと武義は密かに感謝しているのだ。

その妻が、一瞬放心したように、幸せよねぇとつぶやいた。女は好きな人と結婚するのがいちばんの幸せなのよと言った。それならば、この俺と結婚したことは幸せではなかったと言うのだろうか。いや、それとも――と武義は考える。平凡な田舎娘に見えた邦子だが、結婚前にそんな心の揺らぎがあったのだろうか。

だからと言って、結婚を許してやるわけにはいかん。

武義は言った。

世間に顔向けができない。

そりゃ、世間っていうものも大切ですけどもねぇ……。

邦子はもごもご言葉を探す。こういうことがあまり得意な女ではないのだ。

娘の幸せっていうものも考えてくれないと。このままならあの子、家を出るって言ってますよ。

出ていくなら出ていってもいい。その前に勘当してやる。

そんな、勘当だなんて、古めかしいことを言って。とにかくあちらも誠意を見せてくれているんですよ。お父さんの気持ちもわかりますけどねぇ、いつかはどちらかが折れなきゃいけない問題なんですから。

あっちの誠意っていうのはなんなんだ。だいたいな、女房や子どもを捨てて、すぐに次の若い女とひっつこうなんていう男に、誠意なんかあるはずがないじゃないか。

その武義の言葉が、邦子から美保に伝えられたらしい。四日後の朝、武義は寝室に水色の封筒を見つけた。「お父上様」と上書きがしてある。まさかと思って急いで開けたら、それは「自分の胸の内をわかってほしい」という娘らしいメッセージであった。

この世には運命というものがあります。

という書き出しで手紙は始まっていた。

運命というものは、モラルで消すことができません。私と彼は、初めて会った時から、結婚する運命だってすぐにわかりました。だからこんなに悩み抜いて苦しんだ挙句、それでも一緒になろうと心に決めたのです。

パパがどんなに怒っていらっしゃるかっていうのはよくわかります。おっしゃることももっともだと思います。だけど、彼に誠意がないというのは間違っています。彼が誠意のない人だったら、私とのこともさんざんつきあった末、ポイと捨てたと思います。そんなことをする男の人は、世間にはいっぱいいます。みんな苦しむふりだけして、さっさと奥さんのところへ帰るんです。でも彼は違っていました。あえて困難な道を選んでくれたのです。こういうのを、男の人の誠意というんじゃないでしょうか。

ふん、こんな理屈があるのかと、武義はその封筒をベッドの横の引き出しに入れた。娘から手紙をもらうのは初めてだった。「捨てる」という字が「拾てる」になっていて、それを思い出したら、苦笑いのようなものが頬にうかんだ。

ややあって、次に登場したのが絵里である。子どもに手がかからなくなったのを機に、働きたいと言い出して、今は学習塾で講師をしている。しかしそれも不満らしい。来年からどこかの専門学校に通うと言っている。

武義は思うのであるが、どうして近頃の女というのは、やることの順序が逆なのだろうか。学校で親に金をさんざんかけさせて学んだのなら、それを生かす道を見つける、まず自分の食いぶちを見つける、それが先ではないだろうか。それが目の前の結婚というものに気をとられ、そのことしか見えなくなる。泣きわめいても、男とくっつく。それが五、六年たち、おもちゃのようにいじくりまわしていた子どもが幼稚園に行く頃になると、やにわに〝生き甲斐〟という言葉を発し始める。そしてあたかも自分が大変な損をしているようなことを言い出すのだ。

自分のように頭がよく、才もある女が、どうして家庭で埋もれていなくてはいけないのだろうかと本気で考え始める。そして職探しをするのだが、三十すぎの子連れの女を使ってくれるところなどおいそれとない。すると社会が悪い、男たちがいけないとわめき始めるのだ。

絵里がまさにそんな女になっていた。たまに実家にやってくると、夫がいかに理解がないかを、ひとしきり邦子にこぼす。娘時代は、親からみても、惚れ惚れするほど利発だった部分が、年をとるに従い、皮肉と意地の悪い観察力へと変化していったようだ。

その絵里が、妹の結婚問題でとたんに活気をとり戻した、というふうに武義には見える。しょっちゅう電話をかけてくるようになったたし、武義の留守に邦子と話し込んでいくらしい。出前の鮨桶などでそれはわかった。

やがて代表権を手にした絵里は、武義に一対一の会見を申し込んだ。昔はともかく、ここ最近は、この娘が苦手だった。本人は理論的だと信じているらしいが、武義に言わせると、単に口が達者になっただけだ。

美保ちゃんが可哀想よ。私は見ていられないの。

そう言って絵里は喋《しゃべ》り始めた。

そりゃ、パパの年代の人たちから見れば、美保がやったことって、確かに許せないことだと思うわ。だけど時代は変わっているのよ。間違いはやり直せばいい。そのために大きな犠牲を払っても、新しいスタートを切りたいっていう考え、もう普通のことなんじゃないかしら。

武義は煙草をふかしながら娘の顔をながめていた。話などほとんど聞いていない。かなり老《ふ》けたなと思う。絵里は頭がいいと言われる女の常で、決して早口で喋ったりしない。ゆっくり喋ることによって、説得力をつけようとするからだ。

そして武義といえば、密かにわき上がってくる快感をどうすることもできない。美保の結婚問題がもちあがるまで、女ばかりの家で武義はどうあがいても傍役《わきやく》だった。娘たちは母親にばかり寄っていって、父親をことさら無視しようとしていた時期がある。それが今、この家は武義を中心にまわっているのだ。みなが父親の機嫌をとり、なんとか承諾をとろうとあがいている。自分にまだこれほどの権力が残っていたのかと、武義は決して悪い気分がしない。

しかし、それと美保のこととは話が別だ。

妻と子どもから男をもぎり取るのが、自分の娘だというのは、やはり武義にとって息苦しくなるほどの罪悪感がある。

だけど今となってはあと戻りできないわ。村松さんも、この後家庭に帰って、また奥さんと一緒に暮らすなんてできないでしょうし。だから、やっぱり話を前向きに考えなければいけないと思うの。

絵里の目のあたりには、かすかな小皺が寄っていた。切れ長のひと重も、あの時の邦子にそっくりだ。

絵里が生まれて四年後、武義は取引先の事務員とつきあった。若くして戦争未亡人になったその女は、武義よりいくつ年上だったろうか。笑い顔が、当時大層人気のあった女優に似ていて、まだ十分に通用する美しさだった。しかしそれを必死で覆い隠そうとしているところがあり、いつも髪は地味にひっつめていた。その前に丁寧に武義がほぐしてやると、髪はやわらかく肩のあたりにふわっと落ちた。

本気で一緒になろうと考えたこともあったが、その前に邦子に知れた。邦子は今の絵里にそっくりな目をして武義をなじったものだ。

そんなこと、父親として夫として、許されることだと思っているんですか。

すぐに仲人に通報がいき、双方の親たちが上京してくる騒ぎになった。

なにも知らない小娘め。

武義はなおも喋りつづける絵里を見ながら思う。いろんなことをあきらめて、いろんなことを辛抱していくのが、大人っていうもんなんだ。誰だってそんな話のひとつやふたつ、過去にあるものなんだ。それをお前たちのために我慢した。欲しいものは何でも手に入れたい、こらえ性のないそんなことが、今のやり方っていうものなのかい。

けれど武義は何も言わなかった。そのまま今日に至っている。

武義は決して許したのではない。ただ女たちとこれ以上争うのがめんどうくさくなっただけなのだ。それをどうやら邦子たちは黙認と解釈したらしい。

やがて村松行男なる男が正式に離婚したことを武義は知った。

これでもう、お父さんに肩身の狭い思いをさせません。

邦子がとたんにはしゃぎ出した。どんな結婚でも、母親というのは楽しみを見出すものなのだろうか。美保の恋愛が発覚した最初の頃、武義の傍で怒りに身を震わせていた女とはとうてい思えない。遠慮しながらも、嫁入り仕度をどうするかと相談をもちかけてきたのだ。

馬鹿野郎、親の反対を押し切って、好きな男と結婚するんだろ。そんな娘に何も持たせてやることはない。

そうはいっても、村松さんも身ひとつで出てきて、二人でアパート暮らしですからね。冷蔵庫ぐらい持たせませんと。

さっき出て行ったのは、おそらく電気製品を見るために違いない。邦子が電話で、絵里と待ち合わせの時間を決めているのを小耳にはさんでいる。

恥知らずの女どもめ。

鎌を使いながら心からそう思う。この半年間、泣きじゃくる美保を見て不憫《ふびん》になったこともある。理不尽な親だろうかとふと気弱になったことさえある。それが、いそいそと出かける二人を見ていたら、やりきれぬ怒りがこみ上げてくる。特に許せないのが邦子だ。使い古しの婿がそれほど嬉しいのだろうか。絵里の時は、釣合わぬ縁で遊びにも行きにくいとこぼしていた。それが今度はひけめを持つ、言いなりになる婿が出来る。ひょっとしたら、一緒に住んでもらうなどと言い出すのではないか。

まさか、いくら愚かな女でも、そんなことをするはずはないと、引き抜いた雑草をどさっと叩きつけるように地べたに置いた。自慢のサザンカが少し枯れかかっている。その横でつわぶきが風に揺れていた。黄色いはかなげなこの花は、秋の庭の中で武義が最も好むものであった。

絵里も美保も、庭の花々に興味をあまり示さなかったが、武義はさまざまな思いを託してきたつもりだ。娘だけの家だから、花も可憐なものがいいだろうと、こぶりの愛らしい花々を植えた。百日草、なでしこ、コスモス、マーガレット……。けれど誰も気にとめることなく、毎朝この家を出て行った。帰ってくるのは、花など見えない暗い夜だ。花の名前を父親に聞く娘などいなかったし、水やりを手伝う娘もいなかった。

なにかを間違えたと、武義は思わずにはいられない。

ふと狂暴な願望にかられた。雑草を刈った鎌で、花たちの首をかき切ってしまおうか……。

その時、ふと視線を感じて武義はふり返った。生け垣の向こう側に、女が立っている。三十前後だろうか、季節には少し早いニットのコートを着ていた。

女はなにか言いたげにこちらを見ていた。

日曜日だと、道を尋ねる者は多い。武義は女が話しかけやすくするために、ゆるい微笑をうかべた。

あの……。

女はかすれた声だ。きちんと化粧をしていて、服の趣味もそう悪くない。ただ、非常に困惑している様子が、女を疲れたふうに見せていた。かなり道に迷ったのだろうか。

あの……、笹本さんのお宅はどこでしょうか。

笹本はうちですけど……。

武義は立ちあがった。するとマサキの陰にいた子どもが見えた。女の子で、母親によく似た素材のコートを着ている。

何かご用でしょうか。

あの、違うんです。

女はあきらかにうろたえていた。子どもの手をギュッと握ったようだ。

ゴルフの練習場に行きたいんです。笹本さんというお宅の近くと聞いたもので……。

おかしなことを言うものだと思った。確かにゴルフの練習場はひとつ通りを行った先だが、普通目印にする時は、大きい建物を教えてそこから小さな建物を導き出す。笹本さんのうちの近くのゴルフ練習場などと言うだろうか。それにこの母子は、クラブひとつ持っているわけではない。

練習場に行くんですか。それとも近くの家をお探しですか。

言いかけて武義はすべてを理解した。この母子は、村松行男の別れた妻と子どもなのだ。おそらく、近くから家を垣間見るつもりで、道を尋ねたところが、本人の家だったので驚いているのだろう。

武義はもう一度女を見た。女は観念したように、やや首をうなだれている。しかしすぐ目をあげた。美しい女だった。つくづく、美保を哀れな娘だと思った。

女は何も言わない。武義も何も言わない。やがて女は娘の手をほどき、いったんきちんと立たせた。肩を押して前に出す。これが娘ですと女は語っているようだ。しかし、みじめな感じはしない。

これだけの犠牲を払いました。だから娘さんは幸せになってください。

武義はそう理解することにした。不思議なことにこの女の気持ちが、手にとるようにわかる。さっきまでの荒い感情は消えていた。風が頬に冷たい。どれほどのあいだ、二人はそうしていたのだろうか。

ママ、さむーい。やー、どっかいくう。

子どもがぐずり始めた。その時武義がとっさに思いついたことは、その子どもに、なにかやらねばということだった。三、四歩駆けるようにしてつわぶきの前に立った。ひと息に折る。細い茎のそれは、五、六本重ねても頼りなげであった。それをなぜか、娘の方ではなく母親に差し出した。

馬鹿な親だと笑ってください。娘可愛さにすべて負けました。

つわぶきも武義も首を垂れた。

前田君の嫁さん

前田君は、私の高校の八つ後輩にあたる。今年二十八歳のまことに元気な青年だ。私はよく知らないのだが、高校時代はウェイトリフティング部で活躍し、県大会でいいところまで進んだという。

普通八歳も離れていれば、交流がないだろうと思われるだろうが、この町の男たちは非常に仲がいい。そもそも町に残っている男たちが少ないのだから、しょっちゅう釣り大会、飲み会、ゴルフコンペと遊びまわっている。

もちろん真面目な寄り合いも多い。町の活性化をテーマに、東京から大学の先生を呼んで講演会をしてもらったり、順ぐりに自分たちが研究テーマを発表することもある。

前田君たち青年部が、最近めきめき力をつけてきて、地域のイニシアティブをとろうとしているのは頼もしい限りだ。そういう時、我々三十代、四十代の男たちもきちんと耳を傾ける。ほとんどの青年たちが東京に出る中、こうして町を守ろうとしている彼らは、それだけで貴重で有難い存在なのだ。前田君たちに発言権を多く与えて、なんとか町が魅力あるものになってほしい。前田君たちの兄や父親にあたる世代は、かなり気を使っているのだ。

それほど町には若い男がいなくなってしまった。私が高校を卒業する頃は、クラスの中で数人は家を継ぐ者がいたのだが、最近は学年で三人か四人いる程度だという。たいてい東京に出て進学し、残りのわずかの者が就職していく。勉強が好きで、一流大学へ行くのならともかく、隣近所の坊主を見渡しても聞いたこともない学校ばかりだ。そしてそのまま帰ってこない。やがて何年かすると、小さいマイカーに、嫁さんと赤ん坊を乗せてやってくる。何日か泊まり、田舎はいいなあと深呼吸し、甘い親がどっさり用意した野菜や米を持って帰るのだ。

三流大学を卒業し、たいしたところに勤めているわけでもない。聞けば狭いアパートや団地に親子ひしめき合って暮らしているという。それならばなんぼかこちらの方が暮らしやすいと思うのは、あながち残っている者の強がりではあるまい。田んぼが施設園芸の方向に変わり始めた昭和四十年頃から、町の暮らしはめっきりよくなった。国の指定産地になったピーマンは値崩れも少なく、これをつくるようになってから農協が活気づいたと誰もが言う。うちでもそうだが、最近メロンの高級種を栽培するところも増えて、貧乏な百姓などとうに昔の話だ。

右を向いても、左を向いても、新築した大きな家ばかり。車はほとんどの家で二台持ち、作業用の軽トラックを入れると三台になる。釣りは一年中出来るし、隣の町にゴルフ場も出来た。スーパーもレンタルビデオショップも、カラオケスナックもすべて揃って、若い衆《しゅ》も老人たちものびのびと暮らしている。それなのに若い男たちは東京へ行ったきり、帰ってこようとしない。

「しょうがねえさ、百姓をしてると嫁さんが来ない。今の若いもんは金よりも女さ」

としたり顔で言うのは、私の近所の釣り仲間だ。彼も三十五歳まで嫁が来なかったクチである。

「このあいだもテレビを見てたら、なんとかっていう大学の先生が言っていた。三Kがどうしたこうしたなんて言っているけれど、最終的には女が寄ってくるかどうかっていうことなんだそうだ。今の価値判断の根本は、女にもてるかどうかだって言ってたが、そうかもしれんな」

この町でも嫁さん不足は深刻で、一時期はフィリピンやタイから相手を見つけてこようなどという冗談も出たほどだ。

だから嫁さんはどこの家でも大切にされている。畑の場所も知らないという、昔なら考えられなかったような嫁さんもいるぐらいだ。それでも嫁さんの来手は少ない。

私が考えるに、農家の嫁というのは、今はふたつの方法で獲得できるのではないだろうか。ひとつは高校時代から恋愛し、在学中からしっかりした約束をとりつける。ふたつめは、学校でも就職でもいいから、息子をとにかく東京へ出す、そしてそこで結婚した女を家につれてこさせる。

以前はこのあたりでも、若い娘は結構いたものだが、近頃は農協の窓口にいるのもおばちゃんばかりだ。みな短大ぐらいは行かせたいと東京へ出すから、町には適齢期の女が少なくなった。見合いをしようにも、農家の長男というだけで断わられる。こんな男たちが頼りにするのは、気恥ずかしい言葉だが、〝愛の力〟というものではないだろうか。

幸い私は、高校の時からつき合っていた現在の妻が、就職もせずに二十歳の時に来てくれた。ふたつ齢下の妻は、知り合った時はまだほんの小娘だったが、それこそ顔が赤くなるような手紙をすぐに寄こすようになった。私とそういう関係を持ったからである。

祖父が隠居所に使っていた離れを、私は勉強部屋にしていたが、大胆にも妻はそこに泊まっていくようにさえなった。私も若いからもちろん帰したくはない。今だからこんなことを言えるのだが、十六、七の子どもがあのことを知ったら、ほとんど気が狂ったようになってしまうのは仕方ない。

二十年近く前のことだから、まだ高校生も純朴で、私たちのことは当然目立つ。親にも教師にもあれこれ言われたようだったが、妻は自分の感情を抑えようとはしなかった。

おとなしい外見に、どうしてあれほどの激しいものがあるのだろうかと、男の私はとまどったことさえある。すると妻はそんな私をなじるのだ。

私を連れてどこかへ逃げて、と言って私に迫ったのは、妻が高校を卒業する少し前だった。

私は時々考えることがある。あのまま妻が成長するのを待って、知恵がついた彼女と交際を続けていたらどうだったろうか。おそらく妻は駆け落ちを迫ったことなどとうに忘れ、農家の長男に嫁ぐことをあれこれ悩んだに違いない。

三人の子育てに追われ、夜遅くまでピーマンの選別をする妻にも、もしかしたら別の生き方があったかもしれないと、私はふと可哀想に思う時もある。しかしこうなったのも妻の運命だったろうと安易な結論で締めくくるのが常だ。

ところで、このように私が、妻とのなれそめをあれこれ思い出すようになったのは、やはり都会から来た嫁さんたちのことが原因しているのかもしれない。

この町で嫁さんを確保するもうひとつの方法は、いったん東京かその近郊に出ることだと前にお話ししたと思う。この頃すぐにうちには入れず、跡取り息子を進学させたり、就職させたりするのには、何年かは都会で楽しんでおいでという親心と、そのあいだに嫁さんを見つけてきてほしいという計算高さもあるのだ。私たちの頃は、めったに東京に行くこともなく、いかにも田舎くさい格好をしていたものだが、この頃の若者は栄養がいきとどいていて背も高い。

テレビや雑誌をよく見ているから、洋服の着こなしもなかなかのものだ。都会にぽんと置いても、そう見劣りしないだろう。そういう彼らに恋心を抱く女がいたとしても何の不思議もないが、気持ちが燃えたったところで、結婚して一緒に田舎へ帰ってくれというのは、なにか相手を騙していることにならないだろうか。

高校生の時に下級生の女の子と寝て、いっきに結婚まで持っていったお前は、騙していたことにならないのかと問われると困るのだが、少なくともあの頃の私は純粋だった。ただ一緒に暮らしたいという気持ちが先で、後継者問題うんぬんというのは、ずっと遠いところにあったはずだ。

それに私の妻は近くの町の出身で、家は商売をしていたものの、近くの畑でいくらか野菜もつくっていた。この町に嫁ぐこと、農家の嫁になることはどういうことかきちんとわかっていたはずだ。

そこへ行くと都会から来た嫁さんたちは、どうしても〝騙されて連れてこられた〟という思いが私の中に湧く。もちろん寄り合いなどでは、そうした若者の肩を叩き、

「よくやった、よくやった。お前は本当に色男だな」

などと喜んでやる私なのだが、そんな自分の声を空々しく感じてしまうことがある。

やはりそれは、前田君の嫁さんのせいではないだろうか。

「あそこの嫁さんは、本当に愛想というものがない」

妻がぷりぷりして、若妻会から帰ってきたことがある。

若妻会というのは農協婦人部の中につくられたグループで、三十五歳までの女たちで構成されている。妻は三十四歳だから、百二十人ほどの女たちのうちでも当然最古参となり支部長をしている。来年は三十五歳以上の女たちのグループ「みつば会」に入らねばならないのだが、それを惜しむように、この二、三年、精力的に活動し始めた。もともとが元気な女だったから、やることが素早く積極的だ。しょっちゅうバザーだ、講習会だと飛びまわっている。

妻は都会から来た嫁さんたちをなんとかみなに溶け込ませようと、あれこれ考えたらしい。覚悟してきた、といったらおかしな言い方だが、農家の嫁になろうと決心してきた女たちは、概して明るく朗らかだという。それに気持ちを決めれば、自然に囲まれ、暮らし向きはゆったりしている町だ。昔のような嫁いじめもない。女たちは特に威勢がよく、まるでクラブ活動をする女学生のように、楽しげに婦人部の活動をしている。たいていの嫁さんたちは若妻会にもすぐ馴じんでいくのだが、

「前田さんのお嫁さんは、どうもしんねりしているね」

妻が言う。

なんでもその日、支部会でかぼちゃを持ちよって、かぼちゃ料理の講習会があったそうだ。フリッターやパンプキンパイといった、なにやら舌を嚙みそうなハイカラな料理を、近くの専門学校の先生が来て教えてくれることになった。けれども前田君の嫁さんは、みなとうちとけることもなく、そこにいるのがとてもつらそうだったというのだ。

「きっとお姑《しゅうとめ》さんに言われて、いやいや来たんだろうけれども、あんなのは利口じゃないね。里見さんとこの佳子ちゃんは――」

妻は別の家の嫁さんを名前で呼ぶ。同じ頃嫁いできても、こちらは早くも〝ちゃん〟づけなのだ。

「本当に頭がいい嫁さんだよ。うちのことで忙しくっても、婦人部のことを本当によくやってくれる。利口者だったら、皆に可愛がられるコツを知っているのにね」

妻はさらに愚痴を続ける。このあいだ妻の提案で、着付け教室を開こうということになったらしい。着付けが出来る者が何人かで手分けをして教えることになったのだが、

「前田さんのお嫁さんは参加してくれないのよ。着付けが出来るから、せっかくみんなとうちとけるチャンスだと思ったのにね」

妻は唇をゆがめるようにして言った。

私は前田君とは親しいが、その嫁さんとはしょっちゅう顔を合わせるわけではない。

カラオケや酒が好きだったら、スナックで会うこともあるだろうが、前田君の嫁さんはそうしたことにも興味がなさそうである。

私は結婚披露宴に呼ばれた時の記憶をたどってみた。地方はどこでもそうかもしれないが、この町でも披露宴はそれは盛大なものだ。三百人、四百人はざらだし、先日の町会議員の跡取り息子の時は、なんと六百人も呼んだ。よくしたもので、ここから車で三十分ほどの県庁所在地には、とてつもない大きさの宴会場を設けた結婚式場があるのだ。

前田君の披露宴は二年前で、六百人とはいかないが、その半分は出席していたのではないだろうか。嫁さんは背が高く、ひょろっとした印象があった。実際にはそう大女ではないのだろうが、前田君はウェイトリフティングをやっていたせいで、ずんぐりとした体型である。その横に立つから、ことさら大きく見えたのである。

前田君は私と同じ高校を卒業した後、東京の短大（恥ずかしながら、男も入れる短大があることをその時初めて知った）に行き、経理を学んだ。そしてその後、秋葉原の電器店に就職し六年間勤めたのだ。横浜の会社でＯＬをしていた嫁さんとは、友人の紹介で知り合った。なんでも最初の頃は、グループでスキーに行ったり、お酒を飲みに行ったりしたつき合いだったという。

「そこから恋が芽ばえた、まことに現代的な二人のなれそめといえましょう」

と仲人の農協組合長は言ったけれども、私はその締めくくりに多少違和感を持ったのを覚えている。

　列席者は多いし、私などまだ若輩の方に入るからずっと末席だ。花婿、花嫁の顔をそう近くで見たわけではない。けれども流行《はやり》のキャンドルサービスをするために、青いイブニングドレスを着た嫁さんが近づいてきた時に、私は随分淋しげな女だと思った。

　背が高くひょろ長いのは金屏風の前に立っていた時から気づいていたが、同じように顔も長い。それにひと重の切れ長の目と、いやに薄い唇とがあるので、なにやら顔中に隙間があるという感じに見えるのだ。花嫁独特の厚化粧をしているが、これを落とした ら貧相といってもいいほどの顔つきかもしれないと私は想像した。

　対する前田君は、丸顔の童顔だから、こちらの方がよっぽど若く見える。テーブルのあちこちから、

「今夜頑張れよ」

「ちゃんと出来るのかよ」

などと卑猥な冗談があがり、それに照れて笑うさまは、昨日まで学生だったような幼さがあった。

　嫁さんのお色直しのイブニングドレスは、なかなか豪勢なもので、男の私にはよくわからないが、キラキラと輝く糸で織られていた。胸のまわりには同じ色の造花がどっさりと飾られている。それでも前田君の嫁さんのまわりには、うっすらとひややかなもの

が漂っていて、この女性がにぎやかなグループ交際をしたり、前田君と恋におちたということが、どうにも私には腑におちなかったのだ。

その予想どおりといっては相手に気の毒だが、この地に嫁いで二年、前田君の嫁さんは未だにこの町に溶け込めないらしい。私は妻の噂話を聞くたびに、またあの〝騙された〟という言葉を思いうかべるのだ。他の家の嫁さんたちにはそう感じない。前田君の嫁さんと妻が口にするたびに、私は反射的にあの青いドレスと、うつむいた嫁さんの姿を、すぐになぞる。それはいたわしいといってもいい、私自身ほとんど馴じみのない感情であった。


子どもたちが明日から夏休みに入るという日、太陽が奮い立ったようにやっと暑くなった。私は作業用の軽トラックではなく、シーマの方を運転していた。私は若い頃から車が好きで、高校を卒業するや家に入ったのも、

「すぐにでも何でも、好きな車を買ってやるから」

という親の言葉にたやすく乗ってしまったというのが正直なところだ。目新しい車が発売されるとすぐに替えたくなるので、車のセールスマンはしょっちゅう出入りしている。妻は金が貯まらぬとこぼすが、他の連中のようにそうゴルフも旅行もするわけでもなし、釣りと車は私の数少ない道楽といっていいだろう。

県道をしばらく行ったところで、私は停留所に一人の女が立っているのを見た。こんな時、相手が顔見知りで行き先が同じだったら、乗せてやるのはこの町の常識というものである。マイカーが増えて以来、赤字続きのバスは一時間に一本あるかないかという本数なのだ。

スピードをゆるめてから気づいた。女は前田君の嫁さんだ。こざっぱりしたブラウスとスカートといういでたちは、近くでもないが、そう遠出というわけでもない。おそらく私と同じ県庁所在地の市まで行くのであろう。

「よかったら乗りなよ。今日は暑いから、待っているあいだに茹《ゆ》だってしまうよ」

私が言うと、嫁さんは素直にドアを開けた。

おそらく中国製のものだろう、土産にもらったと妻が同じようなブラウスを着ていたことがある。細かい刺繍が一面にほどこされているものだ。それに青いプリーツスカート。この色がきっと好きなのだろうと、私は披露宴でのイブニングドレスのことをふと思い出した。

「どこまで送っていけばいいかね」

「あの、都合のいいところで結構です」

「この暑さだからね、そっちの行くところで降ろしてやるよ」

「あの、じゃ、市民病院」

言った後でしまったというふうに、嫁さんはうつむいた。狭い町のことだ、どこが悪いのだろうと噂されることを怖れているのだ。私はそれを察して、陽気にこんなふうに言ってみた。

「誰かの見舞いかね。こんな暑い時に病人は大変だね。もっとも俺も病人みたいなもんだけどね」

「病人？」

嫁さんはけげんなふうにこちらを見る。これは予想と違っていたことだが、花嫁の化粧をとっても嫁さんはそう貧相にはならなかった。肌が意外に綺麗で、薄く口紅をつけている程度だから、淋しげというよりも涼しげな印象だ。昔風のおっとりとした顔の人形といったら言いすぎだろうか。決して美人ではないのだが、非常に清潔な感じがするのに驚いた。考えてみれば、こんなふうに近いところで前田君の嫁さんを見たのは初めてといってもいい。

「腰をやられちゃってね。鍼《はり》ぐらいで治ると思ったら長びいて、今、駅近くのカイロプラクティックに通っているんだよ。全く百姓が腰を痛めるようになっちゃおしまいだな」

「あのカイロプラクティックって効くんですか」

「そうだね、ここんとこちょっと調子いいがね。あと三カ月も通えばもっとよくなるって先生は言ってるけどどうかねえ。今日だって除草するつもりだったのが、半日潰れて全く嫌になってしまう」

「除草は嫌ですね。夏草っていうのは、本当に信じられないような速さで伸びますもんね、植物っていう感じじゃなくって、生きものみたい。こわくなりますよ」

前田君の嫁さんは本当に嫌そうに眉をひそめた。そうしながらハンカチをうちわ代わりにして、パタパタと胸のあたりをあおぐ。ハンカチはブラウスと同じような、白い刺繍が入ったものだ。そう大きな衿ぐりではないのだが、首すじから鎖骨がのぞくあたりが、かすかに汗ばんでいるのが、真横からでもわかった。その白さは農家の嫁としての彼女の不幸せをあらわしているようで、私は気になって仕方ない。

「前田君は、いい父ちゃんだろう」

シーマは加速が強く、何台か追い越しながら私は尋ねた。

「ええ、いい人ですよ。本当によくしてくれますよ」

前田君の嫁さんは、こちらが鼻白むほど素直に言った。

「あのうちのおじさんも、おばさんもいいだろ。気がよくってな。俺なんか子どもの頃から、よく可愛がってもらったもんさ」

「ええ、お舅さんも、お姑さんも、私にとても気を遣ってくれます、こっちがすまないぐらい……」

それならば、どうしていつも不満気な様子をしているのだろうかと、私は腹立たしい思いにかられた。こんないらだちを、私は町の女たちに感じたことがない。妻も、その友人たちもたいてい気さくで、あけっぴろげでよく笑う。何かの折に、車に同乗させてやることがあるが、こんなふうな気詰まりを感じたことは一度もない。

それなのに不思議なことだが、私はついこんなことを言ってしまったのだ。

「見舞いが終るのは何時だね、俺は四時頃終るけど、よかったら待ち合わせして、一緒に乗っけてやってもいいよ」

「本当ですか、助かります」

前田君の嫁さんは、こちらがとまどうほど喜んだ。

「バスに乗るには、いったんデパートのターミナルまで行かなきゃならないし、こんなに暑いから嫌だなあと思っていたんです」

「じゃ、どこで待ち合わせようかね。病院まで迎えに行ってやってもいいけれど、南口だからぐるっとまわらなきゃならん」

「私、おじさんの都合のいいとこで、どこでも……」

〝おじさん〟という言葉に、私は苦笑いした。こちらは同じ車にいる相手として、それなりに意識していたわけだが、十歳離れた顔見知りの男は、嫁さんにとって〝おじさん〟らしい。しかし、この言葉を聞いたとたん、私は大層気が楽になった。

「それじゃデパートの中にするかね。そうしたら車も置けるし、どっちかが遅くなっても時間が潰せる」

「よかった。私は四時よりずっと早く終ると思うんで、地下で買物が出来ます」

私はふと思いついて、こんな提案をした。

「たぶん七階で『イタリア展』っていうのをやっているはずだから、あそこで待ち合わせたらどうかな」

「イタリアですか……」

嫁さんがまじまじとこちらの顔を見る。

「今日の新聞にチラシが入ってたから、面白そうだと思って。そんなふうには見えんかもしれないけれど、俺はデパートの催事場はよく覗くようにしてるんだよ。百姓だって、いろいろ興味を持たないと、世の中から取り残されるからな」

「あの、いいえ、私、そんなつもりで言ったんじゃないんです。イタリアっていう言葉が、あんまり突然で、急に天から降ってきたようで、私、田んぼの苗を見ていた最中だから、本当にびっくりしたんです」

前田君の嫁さんは、おかしな言い方をした。この女は、妻が言うように、確かにちょっと変わったところがある。

「イタリア展」は思っていたよりも盛大なもので、国旗のシンボルカラーで飾りたてたアーチをくぐると、金髪娘がイタリアワインの入った小さな試飲グラスを差し出した。しかし夏休み直前の平日ということもあり、気の毒なほど人が入っていない。前田君の嫁さんは、たやすく見つけることが出来た。

ベネチアから運んできたというゴンドラの前で、嫁さんはじっとたたずんでいた。傍を腰の曲がった婆さんと、風船を持った孫が通り過ぎる。その男の子もたいして興味をはらわなかったゴンドラを、嫁さんは喰いいるように見つめているのだ。私が近づいていくと、嫁さんは小さなクッションを置いた、座席のあたりを指さした。

「ゴンドラって、ここに乗るんですね。想像していたよりも狭いなあ」

「映画でなんか見ると、もうちいっと大きいような気がしてたけど、ゴンドラなんてちっちゃいもんだ」

「私、もうこれに乗ることはないんですよね」

それは私への問いかけというよりも、自分に対する断定だった。私は若い女が、これほどせつなげにものを言うのを聞いたことがない。たかがゴンドラじゃないかと、私は奇妙な気持ちになった。

「そんなことはないさ。組合のツアーで、ヨーロッパの旅なんて、いくらでも出てるよ。そう、そう、おたくんちのおじさんもおばさんも、三年ぐらい前にハワイに行っただろう」

「そうらしいですね。私が結婚する前のことですけど……」

「あのうちは旅行好きだから、前田君だってそのうちイタリアぐらい連れていってくれるさ」

「でも二人で年をとってから行くのと、若い時に自由なままで行くのとじゃ、まるっきり違います」

嫁さんは瞳をこらして私を見た。それは睨んでいるといってもいいぐらいだ。

「私、子どもの頃、イタリアで勉強するのが夢だったんです。語学を習いながら、美術館へ行ったり、街をぶらぶらする、そして時々はこんなゴンドラに乗る。あの頃どうしてあんなことを考えていて、それがかなうと思っていたのか本当に不思議で仕方ないんです」

女のこうした独白めいたことを聞くのは、もとより私の得意とするところではなかったので、私は彼女を隣のショウケースのところに誘い出した。そこにはさまざまなベネチアン・グラスが飾られている。

「わあ、綺麗」

さっきまでの憂い顔とはうってかわって、嫁さんはあどけなくため息をもらす。中でも彼女が目をこらしていたのは、文鎮のようになっているわん型のガラスで、中に小さな花々が埋められているものだ。

値段も手頃だったので、私はそれを買ってやることにした。

「いえ、そんなこと、困ります」

嫁さんは何度も拒否したが、最後は包みを手にしてにっこりと笑った。

「いい思い出になります。本当にありがとうございました」

前田君の家の財布がどうなっているかわからないが、多分あのお袋さんが握っているだろう。仮に若夫婦が別会計にしていたとしても、農家の嫁さんはああいった女のおもちゃのようなものは買いづらいものだ。

私は前田君の嫁さんがあまりにも喜ぶので、なんだか気恥ずかしくさえなった。

帰りの車の中でも、嫁さんはガラスを包みから出し、掌に乗せて見つめたりする。そして多分お礼のつもりだろうか、こんなに居心地のいい車に乗ったことはないと言ってくれた。車好きの男にとって、車を誉められることほど嬉しいことはない。私はシーマを選んだいきさつをあれこれ話した。

「ところであんた――」

実を言うと、私は前田君の嫁さんの名がどうしても出て来ないのだ。結婚披露宴の時とその後ぐらいに、何度か聞いた憶えがあるのだが、すっかり忘れてしまった。

「あんたは車を運転しないの」

「ええ、私、免許を持っていないんです」

田舎で車を運転しない人間は、相当の変わり者といってもいい。バスは失《な》くなる一方だし、車を自分で動かさないことには、どうにも身動き出来ないのだ。最初は持たずに嫁いできた女たちも、すぐに近くの教習所に通い出す。

「みんな免許を取れ、取れって言わないのか」

「ええ、スーパーに行くのも不便ですから、何とかしようと思ってますけれども、私は怠け者ですから、教習所へ行くのが億劫《おっくう》で……」

「まあ、子どもでも出来れば変わるさ。いやがおうでも、車を運転して、保育園だ、病院だ、と連れていかなきゃならないからな」

「出来ないんです、子ども」

前田君の嫁さんは、いささか間の抜けた高い声を出した。

「それで病院へ通ってるんです。不妊治療っていうんですか、いろいろ検査したり、薬を飲んだり」

「あ、そう」

私は大きくハンドルを切った。男はこういう話題を出されると、本当に困惑してしまう。

「子どもでも出来たら変わるんでしょうけどね。そうしたら今の生活がもっと地についてくるっていうか、現実っぽくなると思うんですけどもね……」

独白の多い女だった。そして喋《しゃべ》る言葉はなにやら意味のわからないことばかりだ。しかし私はよく知らない女に四千七百円のガラス細工を買ってやったことを、なぜか全く後悔しなかったのである。


ちょうど一週間後、私はまたカイロプラクティックの治療所に通うために、車を走らせていた。私にはひとつの予感があった。前田君の嫁さんが、またバスの停留所に立っているのではないかという勘だ。病院には週に一度通っていると言った。ということは、このあいだと同じ曜日、同じ時間に会う可能性が高いということになる。

神社の角を曲がったところで、私はバスの古ぼけた青色を見た。前田君の嫁さんは、あれに乗るに違いない、という気持ちはもはや確信となって私をせかす。バスを追い越し、小学校の正門横まで行くと、白いパラソルを持った嫁さんが立っていた。

「乗りなよ」

私は大急ぎで窓を開けて怒鳴った。

「バスがもうじき来るけど、こっちの方がずっと乗り心地いいだろう。あんたも誉めてたじゃないか」

嫁さんはニッと笑い、ゆっくりとドアに近づいてきた。ドアを開けて乗り込むまでが随分のろいので、後ろに追いついたバスが、クラクションを鳴らしたほどだ。

「暑いですね」

ここに自分が乗っているのは当然というふうだった。礼も言わない。私はまた四時にデパートの催事場にいるが、それでも構わないかと尋ねた。

「まだ『イタリア展』をやっているんですか」

「いや、あれは昨日で終りだ。今日は日本画の有名な人の展覧会をやっている」

「日本画は、あんまり興味がないです」

「そういえば県民会館小ホールで、長谷川悦美のガラス展をやっているよ」

私はたまたま思い出したように言ったが、朝、新聞で調べておいたのだ。長谷川悦美という人は、市に住んでいるガラス工芸家で、地元の有名人である。案の定、前田君の嫁さんもよく知っていると答えた。

「そこで待ち合わせるのはどうだろうか。あんた、ガラスが好きだものな」

その時の、嫁さんの笑顔は今でも忘れない。子どもがそうするように、顔じゅうくしゃくしゃと笑うから、小さな目がますます小さくなった。そしてまたおかしなことを言う。

「私がガラスを好きなことを知っているのは、世の中に二人しかいないと思うんです」

「ほう」

「私の母と、おじさんかな」

「前田君は知らないのかね」

「あの人、そういうことにまるで興味がないから。自分の奥さんは、晩ごはんのおかずのことしか考えていないって、たぶん思っているはずですよ」

楽しみにして行ったのに、長谷川悦美の個展はあまり面白くなかった。前田君の嫁さんが好きそうな、小さくて可愛らしいものはなく、やたら大きな置物や皿が、どんと並べられているだけだ。これでは何も買ってやることが出来ない。

いかにもつまらなさそうな顔をして私を待っていた前田君の嫁さんに、こう言った。

「なんだかすまなかったね。じゃ、来週はちょっと遠出をして水沢村まで行ってみるかい」

遠出といっても水沢村へはここから車で一時間もかからないだろう。小さな湖があるだけの淋しい場所だったが、いわゆる〝村おこし運動〟というものを始めてから、すっかりさま変わりした。バーベキューセンターをつくり、音楽会のための小さなホールを湖辺に建てて、定期的に演奏会を行っている。そればかりではない。東京から前途有望な芸術家を誘い、村がアトリエを建てて貸しているのだ。村のふれあいセンターでは、そうした芸術家がつくった陶器や絵が売られ、観光客に人気があった。中にガラス工房があり、製造中の様子を外から眺められるようになっている。私も子どもたちとバーベキューを食べに行った際、それを見たことがある。飴のようにやわらかいガラスが、ちょきんとハサミで切られたり、それにぷうっと空気を入れるさまは、いくら見ても見飽きることがない。私はあれを前田君の嫁さんに見せたいと思った。

そして来週のこの時間、病院やカイロプラクティックに行かない代わり、二人で水沢村に行こうと約束したのだ。


その日は朝から雲ゆきがおかしかった。もし、雷がくるとビニールハウスが心配だ、出かけないでほしいという妻の言葉を振りきって、私は家を出た。いつものところで、前田君の嫁さんは青い花模様の傘をさして待っていた。今日はブラウスとスカートではなく、紺色の線が入ったワンピースを着ている。それはいつもと違う心の華やぎをあらわしているようで、私は大層満足した。

ワンピースばかりではなく、前田君の嫁さんは籐の手提げバッグの中に、ガムとチョコレートもしのばせていた。それを口に含んでは、

「まるで遠足みたいだね」

としきりにはしゃぐのだ。私も初めて聞いたのだが、前田君のお袋さんは最近高血圧がひどくなって、昼間でも寝ていることが多いという。

「孫が出来たら元気になるかもしれないっていうことで、忙しいのに私は病院に行かさ

れてるはずなのに、こんなことしてていいんだか」

と言いながらも楽しそうだ。笑顔の回数が増えていくのを、私は収穫時の作物を見守るように眺めた。

ガラス工房の前にはベンチがあって、窓ごしにじっくりと見物出来るようになっている。二人の男が花瓶（だと思う）をつくっているところだった。真赤に燃えているガラスを窯《かま》の中から取り出す。吹きざおとその先にあるガラスは、ちょうどマッチ棒のようで、しんに向かって男は息を吹き込む。それはたとえようもない徒労のようにも、人間が行なう崇高な行為のようにも思える不思議な動作だった。その時雷が鳴った。

「あの、おじさんは、こんなはずじゃなかったって思うことがありますか」

「そんなことはしょっちゅうだね」

私は煙草に火をつけた。ガラスで物がつくられるさまを見ていたら、しばらく煙草を吸うのを忘れていた。

「こんなはずじゃなかった、こんなはずじゃなかったって、思うことの繰り返しだ」

「私もそう。あのう、私、後悔っていうんじゃないんです。後悔っていうのは、ああすればよかったって思うことでしょう。私は他に選択肢がなかったんだから、後悔はしていない。だけど本当にこんなはずじゃなかったんです」

また雷がとどろいて、芝居めいた暗さになった工房の中、男が火の玉に向かって、息を吹き続けている。

「あの、子どもがどうして出来ないかっていうとですね、私、結婚前に何度も中絶してるから」

こんなに野放図に言葉を吐き出されると、その重さは全く伝わってこない。私は驚きもせず、ただうん、うんと頷《うなず》いていた。

「長いこと奥さんがいる人とつき合ってました。もう嫌なことばっかりあって、これ以上耐えられないと思った時に、うちの人が現れたんです。結婚してくれって言われて、私、本気で思った。生まれ変わってやり直すんだって。いや、それは嘘だな。そこまで前向きには考えてなかった。ただ農家のお嫁さんになって、毎日自然の中で暮らすのも悪くない。そうしたら、もう考えずにすむんじゃないかと思った……」

独白はどうやら、この女の癖らしかった。

「私の中からいろんなものが消えてくれるんじゃないかと思ったけど、やっぱりうまくいかないんですよ」

「そりゃ人間の性格というのは、そんなに簡単に変わるもんじゃないよ」

私が実に安易な言葉を口にしたとたん、前田君の嫁さんがばんと片足を蹴るようにしたので、それに落胆したのがありありとわかった。

「あの、私がいけなかったと思うんです。自分が変われると自惚《うぬぼ》れてた私がいけなかった。でも私、間違って結婚してここに来ちゃったっていう感じがどうしても抜けないんですよね。いったいどうしたらいいんでしょうか」

彼女のつぶやきは、あの披露宴の日から、私が漠然と感じていた違和感とぴったり重なるものだった。私はそれを確かめたくて、こうしてここに来たのだろう。赤く燃えているガラスは、次第に伸ばされ、今、飾りの耳までつくられた。あのガラスは前田君の嫁さんだ。前田君は都会という工房から、どうしてあんなに熱くて、取り扱いのむずかしいものを持ってきたのだろう。しかし前田君にそのことがわかるはずがない。誰にもわからない。私がそれを知ったのは、偶然がいくつか重なったからだ。

私は尋ねた。

「あんたの名前、聞いてなかったよな」

「洋子って言います。太平洋の洋」

その名前がとても平凡だったことに私は安心しながらも、名を問うたことをやはり悔やんだ。今まで前田君の嫁さんを車に乗せていたのだが、この瞬間から、洋子という女が隣にいることになる。名前を聞いたことで、私は彼女の日々の重みを背負わなければいけないようなのだ。

雨足が弱くなったのを汐《しお》に、私たちは水沢村を後にした。途中のバイパスに沿って、いくつかの派手な看板が並んでいる。「ホテル・レイクサイド」「ホテル山なみ」「空室あり」「休憩にどうぞ」

近いうちに私は、洋子という女をこの中に誘う。きっとそうなるに違いないという予感に私は身震いし、あわてて冷房のスイッチを切った。

ウェイティング・バー

「あら、待たせちゃったかしら」

「そんなことはない。まだ十分前だよ。このあたりは、これっていう喫茶店もないから、早めに来て飲んでた」

「それ、なに？」

「ボージョレーの若いやつだ。アペリティフにちびちびやってる」

「あ、私はシェリーちょうだい……。ええ、ドライで。奥さんは……まだみたいね」

「会社から直接来るって言ってた。もしかすると少し遅れるかもしれないそうだ。僕たちが招待しておいて申しわけないけど」

「そんなに気を遣わないでよ。大したことをしたわけじゃなし」

「いや、そんなことないさ。プロに司会を頼んだおかげで盛り上がったよ。お礼をしようにも君は受け取ってくれないから、こんなフランス料理でごまかすことになってしまったけれど」

「あれは私のお祝いのつもりだったのよ。なんか悪いわね……。ま、せっかくだから喜んでご馳走になるけども……。それにプロなんていっても、テレビに顔を出したりしてたのははるか昔。この頃はつまんないイベントの司会したりして、やっと食べてんのよ」

「ご謙遜。若い女の子使って、羽ぶりがいいってもっぱらの噂だぜ」

「あたり前でしょう。ナレーターだ、コンパニオンだっていって、若い女の子じゃなければ見向きもされないご時世ですからね。三十すぎた女は、やり手婆さんに徹するしか道がないのよ。あなたの結婚式なんか、久々の派手な仕事だったわ」

「いやあ、落ち着いててさすがだって、オレの友人なんか感心してたけどね」

「伊藤ちゃんたちね。私、多少売り込みしたつもりなんだけどね。あなたからも言ってよ。たまには私を使ってちょうだいって」

「やつは広告っていっても、この頃は平面ばっかりだって言ってた。あの頃みたいにラジオの仕事をやってるわけじゃない」

「ま、いいわ。あの人たち嫌いよ。久しぶりに会ったっていうのに、人の顔見て、お前、老《ふ》けたなあですって。自分だってすっかりお腹が出てるくせしてよく言うわよ」

「ははは……。そんなにひどいこと言ったのか」

「そうよお、本当に失礼しちゃう。でもあの場合、仕方ないかもね。お嫁さんがやたら若いから、私との落差が目につくのよ」

「若いっていうより、子どもなんだよ……」

「まあ、嫌ね。すっかり目尻が下がってるわよ、ほらほら……。でも、あれ、おかしかったわよねえ」

「あれかあ……」

「そうよ。二人の生い立ちをフィルムで見せるっていうアイディアは悪くなかったと思うわよ。でもさ、本当におかしかった。こちら、新郎が六歳の時っていうと、あなたがランニング姿で畑の中に立ってる。白黒の写真だから、まるで終戦直後の風景みたい」

「もう昭和三十年代に入ってたぜ」

「かたや新婦の幼年時代っていうと、ぱーっと明るいカラー写真なの。フリルのお洋服着て、家族と遊園地。あれはウケたわねえ……」

「みんなよく笑ってくれましたよ」

「そりゃ笑うわよ。伊藤ちゃん言ってたわよ。ひとまわりも違う嫁さんもらうから、あんなめにあうんだって」

「ああ、後でさんざんからかわれたよ」

「私も笑ったけど、見ているうちになんだかせつなくなってしまったわ。だって私の子どもの頃の写真も、全部モノクロなの。カラー写真が出まわるようになったのは、確か高校生になった頃よ」

「そうだっけ」

「そうよ。私はあなたと三つしか違わないからよくわかる。私も自分の昔の写真見て、愕然とする時あるわ。おかっぱ頭して、プリーツスカートから毛糸のパンツをはみ出させて、まるっきり貧民街の子どもなの。でもあの頃の子どもとしたらふつうなのよね。おかっぱ頭も毛糸のパンツも」

「そうだよ。夏なんか学校へ行く時だけシャツを着ていたけれど、たいていはてれーっとしたランニングシャツだ」

「それもさんざん着古して、裾の方が長くなっているの」

「そう、そう。おまけにちょっと煮しめたような色になっている」

「ふふふ……。やあね、今の会話、すっかりおじさんとおばさんよ」

「三十も半ばになれば、立派なおじさんとおばさんだ」

「そのおじさんが、どうして二十三歳の女の子と結婚したのかしら」

「魔が差したんだよ、魔が。本当にそうとしか考えられないよ」

「あなたの場合はわかるのよ。あなたにしてみればおいしい話よね。二十三歳の女の子が、いきなり手に入ったんだから」

「お、言ってくれるじゃないか。良縁だって、向こうのうちじゃもっぱらの評判なんだぜ」

「そりゃ、あなたは勤め先もいいわ。出ている大学だって悪くない。男の三十五歳っていえば、女に較べてずっと有利よ。だけど、あなたが、若い女の子に好かれるタイプとは思えないんだけど」

「はい、はい、それはわかってますよ」

「もう一杯ちょうだい……。ううん、シェリーじゃなくていいわ。ウイスキー・ソーダ。いったいどこの誰が、食前酒はシェリーかキールを飲めなんて決めたのかしら。気取ってて量が少ないときてるんだから。だけど、それにつられて、飲む方も飲む方よね。ウイスキー飲んで、どうしていけないのかしら」

「おい、おい、早くもからまないでくれよ。もうじき奥さんが来るんだから」

「ふん、奥さんだって。なんかいたいけな感じがするわ。二十三歳の女の子に向かって」

「お前さんだって、奥さんと呼ばれた時があっただろう」

「もう何年前になるのかしら」

「七年前だ。伊藤と一緒に結婚式でスピーチしたのを憶えてる」

「いいわよ、人のことは。あなたの話ね。あなたはハンサムじゃないわ。早くも若ハゲが始まってるし、はっきり言わせてもらえば肥満体よ」

「そうかなあ。髪が薄くなっているのは確かに認めるけど」

「ほら、そんなこと言われても怒らない。うまくことをおさめようとする。そこがあなたのいいところよ。でもそんなの、若い女の子には絶対にわかりっこない。若い女の子は、ただ足が長くてハンサムな男が好きなんだもの」

「本当にそうかどうか、後でうちの奥さんに聞いてみよう」

「私、あなたが〝奥さん〟という時の感じ、とても嫌だわ。このあいだ街でばったり会ったでしょう。どうみても、おじさんが親戚の女の子を連れているっていう感じがした」

「そうかなあ……」

「そうよ。ねえ、私が嫉妬しているなんて思わないでちょうだい。出戻りの三十女が、若い女に嫉妬してるって考えられるのだけは嫌なの」

「でもどう考えても、そこにいきつくんだけど」

「違うの。私、二十三歳の女の子が、どうしてあなたを選んだのか、どうしてあなたと結婚したのか。それがわからないからいらつくのよ。あなたの奥さんってとってもいいコよね。今どきの打算的な女の子とは違う。男のことなんかちっとも愛していないけれど、ただエリートだから結婚する。そんな類じゃないわ。あのコ、あなたのこと本当に好きなのよ。顔見てるとよくわかるわ。だからいらつくの。どうして二十三歳の女の子に、あなたのよさがわかるの……」

「そりゃ、あいつ、そんなに馬鹿じゃないもの」

「私も馬鹿じゃなかったわ。でも若い時、どうしてもあなたのことを愛せなかった」

「お前……うちのやつの前で、へんなこと言うなよな」

「あなたと何回か寝たこと？　だいじょうぶ、そんなこと言いやしないわよ。あれはどう考えたって握手の延長みたいなものだもの。あのね、私、そんなことより、十年間近く、あなたといい友だちでいられた。そっちの方の事実をとるの。あなたの会社からよく仕事ももらうし、私にとって今は友情の方が大切なの。あ、もう一杯おかわりちょうだい」

「あんまり飲むなよ。食事が不味《まず》くなる。今日は、いい赤ワインをあらかじめデキャンタに移してもらってるんだ。心しといてくれよ」

「あなたって、そういう嫌味ったらしい趣味、すっかり自分のものにしたわねえ。誰でも知っている広告代理店の課長になって、いいレストラン行って、そして若いお嫁さん……。あなたの人生、もうこれで完璧じゃないの」

「おい、今夜はやけにからむな。後でうちの奥さん来ても、いじめないでくれよな」

「ほら、その顔よ。いつもにこにこしている。私、あなたが怒ったとこ見たことないわ。

あの時もそうだった。私が離婚してすぐの頃だったわ。突然、真夜中に来て、えへへって笑ったのよ。あの時、私思った。私、どうしてもこの男を愛することができないって」

「別に深い意味はないよ。淋しそうだなと思って、酒を誘いに行ったんだ。そんなふうにとるとは思わなかった」

「嘘よ。あなた、私に惚れてたわ。私は女よ、しかも若かったわ。そんなことがわからないはずがないじゃないの」

「そうだったことにしておこう。だけど僕たちはずうっといい友だちだったし、これからもいい友だちだ。そしてもうすぐ僕の女房をまじえて一緒に飯を食べる、それでいいじゃないか」

「もちろん、それでいいの。でも私、だんだんすごくいらついてくるのよ。あなたの奥さんと一緒に、お茶を飲んだりお食事したりするのは疲れるわ、本当に疲れるわ」

「誘って悪かったかな」

「ううん、最初はとてもうまくやれそうな気がするの。決してお世辞じゃなくて、あなたの奥さんはいいコよ。性格も素直で可愛らしいわ。だけど話すことが何もないのよ。私とあなたが知り合った頃、私たちが『神田川』聞いて、この曲暗くて嫌だねなんて言ってた頃、彼女はまだ小学生だったのよ。信じられる？　私なんかもう男を三人知っていたわ。ねえ、もう一度聞くけど、どうして彼女と結婚したの」

「オレもそろそろ年だったしなあ。おふくろも心配して、見合い写真をよく送ってきてた。その時、彼女と知り合ったんだ。世間知らずで見当違いのことばっかり言うけど、不思議に一緒にいると疲れない。こいつとなら、一生暮らしていけるかもしれないと思ってプロポーズしたらOKしてくれた……」

「ありきたりね。百人の男に質問したら、きっと百人が同じようなことを言うわ」

「そうさ。結婚なんてありきたりのもんじゃないか。お前さんだって、短いとはいえ、ありきたりのことをしたからわかるだろ」

「そうよ。だから聞いてるんじゃないの。ねえ、どうしてひとまわりも下の女と暮らせるの。セックスがいいから？」

「ありきたりだよ。ごくふつうにしてる」

「でしょう。ねえ、何があなたをそんなに魅きつけているの。たとえばテレビを見ている。すると喜多嶋舞が出てるの。こいつのおふくろ、昔すごく綺麗だったってあなたが言う。すると彼女はきょとんとするはずだわ。夏になって、ひやむぎの中に、彼女は缶詰のミカンを入れる。色どりがいいからって、氷の中にふたつ、みっつ、入れる。するとあなたは思い出すの。昔はミカンの缶詰がすごい貴重品だったって。病気の時にだけ、おふくろが開けてくれた。ガラスの皿に十個だけ入れて、上からそっと蜜をかけてくれる。それが嬉しくて、嬉しくて、ミカンの缶詰開ける、ギイギイっていう音を聞くと、とび上がるほどはしゃいだもんさってあなたは言う。すると彼女はすごく不思議そうな顔をするの。あなたのうちって、すごく貧乏だったのね。あたしなんか、食べたいと思ったら、ミカンの缶詰なんか毎日食べられたわって。そういうことを言う人と毎日暮らしていけるっていうことが、私は不思議なのよ」

「そりゃ、ジェネレーション・ギャップっていうのはあるよ。たとえばオレは、ティッシュペーパーを使うたんびに、ある種のもやもやを感じる。それはとっても小さいものなんだけれど、ティッシュに手をかけた時、ほんの一瞬なんだけれど、これがオレの机の上にあって、毎日それを何気なく使っているっていう驚きみたいなものはある。でも、あいつは平気なんだ。思いきりよく、五、六枚いっぺんにつかむ。台所でちょっと醬油がこぼれても、ティッシュを使う。ふきんじゃないんだ。オレはそれを見ると、やっぱり世代が違うなあって思うけれど、それは大したことじゃない。一緒に暮らしているからこそ、大したことじゃないんだ」

「でもこれから、大したことになるかもしれない。今は新婚でお互いにもの珍しいからいいのよ。話したり、教えあったりすることがいっぱいあるかもしれない。でも年をとるでしょう。小春日和の日に、あなたは言うのよ。タイガーマスクやウルトラマンの話、そしてブリキのおもちゃのことを。すると彼女は言うのよ。私はピンク・レディーのおもちゃで遊んだわって。そして二人の間に沈黙がただようわけよ」

「君って本当に想像力が豊かだな」

「誰だって考えることでしょう。だから、男も女も、似かよった年の中から相手を選ぶのよ。あのね、あなたはひとまわりも若い女を選んだことで、私たちを裏切ったのよ」

「裏切った。すごい言葉だなあ」

「あなたと一緒に青春を生きた女たち。たとえば私よ。私がナレーター・モデルとして、初めてあなたの会社にオーディションに行った時から、私たち、何十回となくお酒を一緒に飲んだわ。ジョン・レノンが殺された時に二人でわんわん泣いた。サイモン&ガーファンクルの来日コンサートにも行ったわ。私が初めてテレビに出ることが決まった時、祝杯をあげてくれたのもあなたよ。私は、いつもあなたと一緒だった。私ばっかりじゃない。あなたといろんなもの見て、同じように感動した女がいっぱいいたでしょう。だけれどもあなたは、そういう女を選ばなかった。切り捨てたって言ってもいい。そして今、まっさらな、赤ん坊みたいな女と結婚した。そしてもう一回何かをやり始めようとしてる。それがいやらしいのよ。あなた、そんなタイプじゃないもの。若い娘とピカピカの人生をやり直そうなんていうのは、相当拗《す》ねた、女ともめごと起こしてきた男のすることよ。あなたはそんなんじゃない。平凡な、おだやかでやさしい男よ。だからこそ腹が立つのよ。もう一杯ちょうだい……今度は氷だけにして」

「おい、おい。あんまり飲むなよな。すると、整理してみるとこうかい。僕は平凡でつまらない男だ」

「そのとおりね」

「その僕が、ひとまわり下の女と結婚するなどという劇的なことをした。そのことがまず気にいらない。僕のような男だったら、同じ年代、つまり君たちの中から選ばなくてはいけなかった。若い女と結婚して、一人その輪の中から脱け出そうとした。これが非常にけしからん。君は君の世代を代表して、オレに文句言っているわけだな。うん……だんだん読めてきた。君がからんできたわけが」

「そうよ、ねえ、直子だってよかったじゃないの。あの人、いい女だわ。そりゃ多少気が強いところがある。男のことだっていろいろあったかもしれない。でも、女が三十すぎまで一人で戦ってきたら、気だって強くなるわ。あなたの可愛いお嫁さんのようにはいかないわよね。だけど少なくとも、あの女はまっとうよ。それになにより、タイガーマスクの話ができるわ。サイモン&ガーファンクルの大ファンだったし」

「考えてみたこともなかったが、そういうやり方もあったかもしれない」

「聡子だってよかったじゃないの。早苗でもよかったし、私だってよかったんだわ……」

「……そんなこと、今さら言い出すなよ」

「そうよ、私でよかったのよ。あなた、私のことを好きだったんだから」

「だけど、君はオレのことを好きじゃなかった。それはわかってたよ」

「そう。どうしても愛せなかったわ。寝れば好きになれるかもしれないと思って、何回か寝たわ。でも駄目だった。あなたは結構うまかったし、やさしかった。でもどうしてもそんな気分になれなかった」

「好きでもなかった男だけれど、その男が若い他の女と結婚した。それで腹を立ててる。言っちゃなんだが、かなり勝手な話だな」

「そうよ、勝手な話よ。だって仕方ないでしょう。私は若かったんだから。さっきも言ったかもしれないけど、若い女にあなたのよさなんかわからないのよ。わからないはずだったのよ。でもあなたは若い女と結婚した。そして私は三十半ば近くまでひとりでいる。そしてね、そしてよ、何より口惜しいのは、あなたが若い女と結婚したら、そのとたんあなたが違うふうに見えてきたっていう事実よ」

「がぜん魅力を増したっていうことかな」

「違うの。あなたはもともと私のものだった。そんな気がして仕方ないの」

「勝手なやつだなぁ……」

「むちゃくちゃ言ってるのはわかってるわ。でも駄目なの。本当にそう思ってしまうの。ねえ、まだ私と寝たいと思う？」

「思うよ。君はますます綺麗になって、色っぽくなってる。たいていの男は君と寝たいと思うはずだよ」

「じゃ、寝てみる？　私は構わないわよ」

「いや、せっかくだけどやめておくよ」

「奥さんに忠義立てするなんて、あなたらしくないじゃないの」

「そうじゃない。君は言っただろう。私たちは同じ時代を生きてきたって。言ってみればクラスメイトみたいなもんだ。これからタイガーマスクやサイモン＆ガーファンクルの話をゆっくりしなきゃならない。なにも焦って寝ることもないさ」

「ふふふ、うまく逃げたわね。だから私は、あなたのこと好きになれないのよ……。あ、彼女じゃない？」

「おい、ここだ、ここだ、遅いじゃないか。二人で待ってる間に、すっかりできあがったぞ」

「まあ奥さん、お久しぶりね。そんなに急がなくてもよかったのに。ふふ、走ってきたんでしょ。ほっぺが真赤よ。コートも赤で、まるで赤頭巾ちゃんみたい。とっても可愛いわ。今ね、さんざんあなたののろけを聞いていたの。さ、ここにお座りになって。もうじき席ができるらしいわ」

怪談

全く、男と女のことほどわからないものはない。

長年憎み合っているようで決して別れない夫婦もいれば、人も羨むような仲の良い二人が突然破局を迎えることもある。

それよりもつくづく不思議なのが、男女の組み合わせというものだ。これといって取り柄もない中年男に、若い娘がぴったりとつくこともある。年増の醜女《しこめ》に、美青年が夢中になることもある。独身の若い二人が、公に仲良くやっている分には何の問題もないのだが、世の中はそうすんなりとはいかない。男か女に家庭がある、何らかのしがらみが存在する、あるいはどうにも釣合いがとれないといったさまざまな問題で、二人はそのことを秘密にするのだ。こうなると悲劇はまわりの者たちに訪れる。

私の知っている編集者は、仕事で親しくなった高名な映画監督と酒を飲んでいる最中、ある人気女優の名を出された。

「君はどう思うかね」

「最低ですね」

彼はきっぱりと言った。

「演技はへただし、もう若くなくて皺が目立つ。だいいち品というものが全く無いじゃありませんか」

一週間後、彼の目を射たのは、その監督と女優とが電撃結婚をしたというスポーツ紙の記事であった。

こんなことは一般の会社でも珍しくはないだろう。陰で着々と進行する男と女は、組織や人脈の中に出来る小さな瘤《こぶ》だ。いくつかの愚痴や情報、そしてゴシップ、つまり人の感情というものは、気持ちよくそこらをまわっていると信じていたのに、実はその瘤のところで堰止《せきと》められていたという事実。人はこれを知った時、立ちすくむはずだ。心臓がキュッと縮むような思い。しばらくは息が出来ない。それは間違いなく恐怖だ。

これほどの恐怖をもたらす男と女のことが、現代の怪談でなくて何だろう。

その手紙は、田端と奈穂が初めて野村部長の家に出かけた夜に届いた。田端と奈穂は婚約したばかりの若いカップルで、二人の上司である野村のところへ正式に仲人を頼みに行ったのだ。ことがことだけに部長の家では二人を大層歓迎してくれた。婚約の前祝いだといって上船をとってくれ、外国土産らしい洋酒も開けられた。菓子折をひとつ持っていった田端は、すっかり恐縮してしまったほどだ。

ひばりヶ丘の駅からの西武線の中で、田端は何度も繰り返し言った。

「おい、何だか悪いことをしちゃったなア。随分散財させちゃったよなア」

野村の住んでいるマンションが案外こぢんまりしたもので、急いで片づけたらしいカーテンの奥に、ハンガーにかかったセーラー服が見えたこともすまなさに拍車をかける。

いったん挨拶に顔を出したが、あのセーラー服を着た少女とその弟は、客がいる間中、カーテンの奥かどこかに身を潜めていたに違いない。

「部長が夜来いって言ったからさ、のこのこ押しかけていったけど、あっさりと昼間行った方がよかったかもしれないな」

自分では気づかなかったが、これと全く同じフレーズを五回繰り返したと奈穂は顔をしかめた。

「くどいったらありゃしない。あなた、すごおく酔ってるんじゃないの」

「そうかな」

「そうよ、さっきから同じことをくどくど繰り返しているのよ」

奈穂は鼻の頭に、いくつかの浅い皺をつくる。それは甘えて拗《す》ねている時か、不機嫌になっている時の奈穂の癖だが、今はあきらかに後者の方だろう。

「それにもう済んだことは仕方ないでしょう。部長のとこだって、あなたが考えているほど貧乏じゃないわよ。奥さんだって働いているんだし」

図書館の司書をしているという野村の妻は、やたらよく笑う女だった。どれだけの稼ぎがあるか知らないが、部長よりもはるかに気前のいいことは確かだ。

「こんな機会めったにないわ、お祝いってことで、これも開けましょうよ」

なんと三十年もののバランタインにまで手をかけた。あの時はさすがの部長もひきつった顔をしたものだ。

「一応、俺、月曜日にもう一度お礼を言っとくワ、後でお袋に言って何かを送ってもらってもいいし……」

お袋という言葉を聞いたとたん、奈穂はうっすらとした笑いを浮かべ、窓ごしの夜の風景に目を走らせた。この頃彼女の気性がやっとわかるようになった。奈穂の中には〝お袋〟とか〝仲人〟といった気にくわないキーワードがいくつかあり、それを持ち出されるや強い拒否反応を示すのだ。

全く我儘な女だ、もし奈穂が白がかったクリーム色の肌と、つんと上を向いた愛らしい鼻と唇を持っていなかったら、即婚約を解消したいところだ。しかし奈穂は魅力的な鼻と唇どころか、とてつもなく大きな目さえ持っている。あまりの大きさに黒目がついていけず、その底辺と目の縁《ふち》との間にかすかな隙間があるほどだ。てっとり早く言えば三白眼ということになるのだが、それは不思議な魅力となった。表情がさまざまに変わる。今のようにきつい顔つきになったかと思うと、少女のようなあどけなさを目のあたりに漂わせたりする。

かえって黒目がちの女というのはつまらないものだということを、奈穂と出会って初めて知った。こんな瞳を持った女を、単に我儘ぐらいでどうして捨てることが出来るだろう。つまり田端は奈穂にひどく惚れているのだ。婚約してからの彼女はひどくナーバスになっていて、つまらないことに時々むきになる。けれどもそのひとつひとつを田端はしっかりと受けとめ、応《こた》えてきたつもりだ。まわりの人間も言うことだが、たぶん自分はいい夫になるに違いない。

池袋までの道のり、田端はもう奈穂に話しかけないことにした。それは怒っている沈黙ではない。しばらく静かにしていよう、君の機嫌がおさまるまでじっと待っているよ、という意思表示だ。そのかわり左手を奈穂の腰にまわした。夜十時過ぎの上りの電車だったから、田端は少し大胆になる。時々は指に力を込め、やわらかい肉を叩く。出来たらモールス信号で言葉を伝えたいぐらいだ。

「そういらいらするもんじゃないよ。俺たちはもうじき結婚するんじゃないか。君を守ってやれるのは俺ぐらいだよ。本当だよ、愛しているよ」

指の刺激は確かに効果があったらしい。五反田のアパートまで送っていった時、奈穂は照れのためにやや不貞腐《ふてくさ》れながら言った。

「どうするの。泊まってって、明日一緒に出かけてもいいのよ」

「いや、今夜はいったん帰る」

奈穂は目も鼻もいいが、いちばん素晴らしいのはそのからだだと田端は確信を持っている。頬や首すじで充分美しい肌だとわかるが、衣服を脱がすとそれが平野のように続いている。どこもかしこもなめらかでやわらかい。それがもうじきすべて田端のものになる。

つき合ってすぐのころ、それこそがむしゃらに田端は奈穂を求めたものだが、婚約した今、自分の所有しつつあるものを眺めたり、少しばかり遠ざけたりする余裕を楽しんでいる。明日の日曜は、二人で結婚式場の下見に行くことになっていたから、泊まっていっても一向に構わないのだがやはり帰ることにした。

披露宴を前にこれも初めてわかったことなのであるが、〝けじめ〟というのはなんと甘美なものだろうか。恋を、女のからだをさらに美味《うま》くさせる香辛料のようなものだ。一日会わなければ次の日の奈穂はさらにいとおしく、一夜何もなく過ごせば、次に会った時はむせるような情熱で奈穂を抱けた。

夫婦とも恋人とも違う。フィアンセと呼ばれ合う、曖昧な期間独特の幸福感に包まれて、田端はひとり暮らしのアパートに帰った。そして郵便受けの中にその手紙を見つけたのだ。それは今どき珍しいほど粗末な茶封筒に入っていた。おまけに裏側に何もしるされていない。薄気味悪いと頭は思っても、好奇心にかられた指は反射的に封を切っていた。

「田端昭男様

私はあなたへの同情心からこの手紙を書いています。あなたは四カ月後、川上奈穂さんと挙式されるそうですが、気は確かなのでしょうか。はっきり申し上げて、彼女は売春婦よりも劣る存在です。彼女が関係を持ち、不幸にした男がまわりに何人いるかご存知でしょうか。悪いことは言いません、すぐに婚約を解消しなさい。

きっとあなたは言うでしょう。『なんてくだらない手紙だ。嘘に決まっている』と、破り捨てるはずです。けれども破り捨てるのは、このことが事実かどうか確かめてからでも遅くありません。

またやさしいあなたのことだから、こう言うかもしれませんね、『余計なお世話だ。僕は彼女のことを愛している。今さら誰が何といおうと関係ない』

けれども彼女はあなたのそんな気持ちに価しない人間です。おそらく結婚した後も、あなたを裏切るようなことをするでしょう。

もう一度言います。この手紙を破り、忘れ去るのは事実を確かめてからにしなさい」

ふふんと、田端は力を込めて鼻で笑った。どこの誰だか知らないが、随分手の込んだ悪戯《いたずら》をしたものだ。おそらく結婚をやっかんでいる誰かのしわざだろう。

「くだらないことをしやがって」

彼は当然のことながら、五本の爪をたてそれをちぎろうとしたが、手紙の中の文面が、呪文のように不意に浮かび上がる。

「きっとあなたは言うでしょう。『なんてくだらない手紙だ。嘘に決まっている』と、破り捨てるはずです」

田端は一瞬ひるんだ。この場合破り捨てることは、手紙の指示どおり振るまうことになってしまう。

「馬鹿にしやがって」

怒鳴ったとたん、むらむらと負けん気が頭をもたげた。捨て去ることも、全く無視することも、どちらも手紙を書いた人間が予想する田端の行動だ。それならば、この人間が考えつかない第三の行為をとりたい。それはこの手紙を書いた犯人（もう田端はそう呼んでいた）を見つけ出し、田端自身の手で制裁を加えることだ。密かに呼び出して、どうしてあんなことをしたのかと人情家っぽく聞きだすのもいいが、いちばんいいのは人前に引き出し、皆の前で罵倒することだ。いや、そんなことをしたら奈穂が可哀想かもしれない。

しばらくして興奮がおさまると、理性という名の静かな声が田端に話しかける。

「奈穂はあれだけの美人だから、社内でもモテたろうさ。だから嫉妬する連中だっているに決まっている。皆に羨ましがられるような女を手に入れたということで納得して、絶対に何もしない方がいいぜ」

が二十八歳の田端は、血気にはやることが可能な最後の年代である。彼の今までの人生で、他人からこのような理不尽で、汚らわしいことをされたことがない。もちろん憎悪をぶつけられたり、不当に扱われたことは何度もあるが、すべて相手の姿は見えていた。見えないところから卑劣なものを送ってよこす憎悪は、得体の知れないものだからこそ、おおいに田端の好奇心をそそる。邪悪なものに触れ、その正体を確かめたいという思いだ。

この犯人の顔を見たい。喋《しゃべ》る言葉を聞きたい、そしてこれほど強い憎しみが宿る瞳というものを見てみたい。それは自分と同じ人間なのだという驚きを味わいたい。

ベッドにごろっと横たわり、田端は手紙をもう一度読み返した。きちんとワープロでうたれた字だ。かなり使い込んでいるのはレイアウトのうまさでわかる。が、これが会社で扱っている機種かどうかというのはむずかしい。

「だけどこんなことをするのは、会社の誰かに決まっているぞ」

何人かの顔が浮かんだ。同期の松本と緑川もそのリストに入れていい。四年前、短大を卒業した奈穂が入社してきた時だ。若い連中で新卒の評定を始めた時、二番目か三番目に人気の高いのが奈穂だった。ビールの大ジョッキを二杯空けた松本が怒鳴るように言ったものだ。

「あの川上っていう娘、いいよなア。あの目がたまんなく色っぽいよな。昨年はいろいろ失敗したが、今年はあの娘から挑戦してみるか」

奈穂が打ち明けたところによると、しばらくはしつこく映画に誘われたという。が、松本よりもさらに奈穂が悩まされたのが緑川だったというのは驚きだった。経歴といい、毛並みといい、彼は同期一番のホープと見られていたからだ。

「とてもしつこいの。名簿で見て電話をかけてくるのよ。背の低い男って、粘着質っていうけど本当ね」

奈穂は情け容赦もないことを言ったものだ。確かに緑川は薄気味悪いところがある。奇妙な具合に少年じみた顔をしている緑川が、この手紙をワープロでうっている姿を想像し、田端は胃の奥がにぶく刺激された。まるで吐く寸前のようにだ。彼の唾液と精液が手紙についているような気がして、思わず床に放り投げた。

昼休み、人目のない時を見計らって田端は会社のワープロでいくつかの文字をうってみた。「様」「人」「解消」という文字と、手紙のそれとを比べていた。よく見るとあきらかに違っている。漢字のはねる部分の太さが、手紙の方がやや細いのだ。だがよく考えてみると、会社のワープロでこんな手紙をうつはずがない。最近は誰でも家に自分用のワープロを持っている。おそらくこの手紙はそちらの方でうったに違いない。田端はワープロの線から、犯人を探し出すのをあきらめることにした。

機械よりも人からの情報で相手を探し出した方がいい。いちばん確実なのは奈穂にこの手紙を見せ、心あたりはないかと尋ねることであるが、もちろんそんなことが出来るわけがなかった。泣き出すか、わめき出すに決まっている。そして私を信じられないのと責めよるに違いない。その時はこう答えよう。

「もちろん君のことを信じているけれど、俺はすべてのことをすっきりさせて結婚したいんだ。こんなにも君や俺のことを憎悪する人間を探し出して、ちゃんと対決したいだけなんだ」

言葉にすればこういうことになるが、いざその場に立った時、うまく言える自信はなかった。自分でもどうしてこんな探偵ごっこを始めたのかよくわからないのだ。ここまできて田端は心の中にどっしりと横たわった本心をもう隠すことは出来なくなった。手紙の犯人を探すふりをして、実は奈穂の過去を知りたいのだ。半年前初めて抱いた時、奈穂は処女ではなかった。もちろんそんなことに驚きはしない。けれどもかすかにひっかかったのは、奈穂の一連の行為がとてもなめらかでよく手慣れたものだったということだ。最初はためらっていたが、小声でいくつかの要求を出すようになるまでに時間はかからなかった。自分が達する時間とタイミングをはっきりと知っていて、そのために田端に要請する、そんな感じだ。冷静なようでいて、その時になると一気にタガがはずれる。いったいどんな男が、どんなふうにして奈穂を教育したのか知りたいが、それは聞くことが不可能な男の質問だ。自分のプライドと、奈穂への愛情がそんなことを許さない。突きつめていくと、松本、緑川などという線は全く崩れていく。あの手紙には、奈穂のことを知り抜いている冷徹さが確かにあった。単に嫉妬だけでは書けない何かがあった。

ついに田端は大層卑怯な手を使うことにした。婚約者に聞けないことを、同性の口から聞こうというのだ。人選に人選を重ね、田端は古川美枝子に声をかけた。美枝子は四年制を卒業しているから、同期でも奈穂よりふたつ年上ということになる。田端と同じ大学の同じ学部を卒業していて、ＯＢ訪問でやってきたのがきっかけだ。ちょうど入社二年目で、先輩風を吹かせたい時期だったから、かなり親身にいろいろ話してやった。首尾よく入社を果たした美枝子は、それを特別の縁のように思っている節がある。大柄で聡明な娘だ。

会社の中には、やけに情報に詳しく、男たちに一目置かれている女が、何人かはいるものだ。何年か観察した結果、これは世襲制のようなものではないかと田端は思うことがある。これぞと思う新人が入ってくると、ベテランのそうした女たちは、情報の仕入れ方からいくつかの秘密まで、さまざまなハウツーを教え込むようだ。美枝子は確かにそうした会社の〝魔女〟の系譜にいた。先輩の女たちからやけに可愛がられ、そうかといって若い女たちからも煙たがられていない。美枝子だったら田端の知りたいことを教えてくれそうだった。しかも彼女は田端が何を聞いたかを他言はしないはずであった。

そう高くない店で鮨をつまんだ後、田端は美枝子を渋谷のスナックに誘った。ここは田端のグループと美枝子のグループとが、よく飲み会をした店だ。この中からいくつかのカップルが生まれ、カラオケのある照明から二人だけの暗闇へと逃れていった。けれども今二人は探偵と情報提供者としてカウンターに座っている。

　うまく切り出したつもりだったが、田端の意図を知るや、美枝子はたちまち非難の声をあげた。

「あきれた、信じられないわ。あなたって婚約者のことを信じられないわけ、どうして私に川上さんのこと、そんなふうに聞くわけ」

「だから言ったろう、あの手紙のせいなんだよ」

　自分でもやりきれない。がぶりとウイスキーを飲み干した。

「我ながら本当に馬鹿馬鹿しいと思うんだが、どうしてもあの手紙を送りつけた奴を知りたいんだ。男の嫉妬っていうもんだけどさ、なんかこう考えるだけで胸がむかむかしちまうんだ」

「それなら、ちょっとお聞きしますけどね」

美枝子はストゥールをまわして座り直す。最後に会った時よりも髪はさらに短くなっている。ふっくらした耳たぶのピアスがとてもよく似合う。田端は髪の長い女が好みだったが、こんなふうにショートの女もいいなとふと思った。

「田端さんはもし、川上さんが手紙に書いてあるとおりの女性だったらどうするつもりなの。彼女を問い詰めて婚約解消をするつもりなの」

「そんなことはしやしないよ」

田端は気弱く言った。

「ただ、手紙を書いた奴を見つけて、どうしてあんなことをしたのか聞きたいだけだよ」

「どうして嘘をついたか、っていうことでしょう」

美枝子はきゅうりのスティックを一本抜き出し、輪を描くように振りまわした。

「ヘンなの、すごく矛盾してるわ。手紙を書いた相手を、どうして嘘をついたのか聞くために探すなんて。そのくせあなた、川上さんのことも疑っているのよね」

若い女が二人マイクを握り、流行の歌を歌い始めた。おかげで二人の声はごく近くまで顔を寄せなければ聞こえないぐらいになった。

「ねえ、正直に言いなさいよ。あなたは婚約者の過去を知りたいの？　それとも手紙を書いた人間を知りたいの？」

「彼女の過去はもちろん気になるが」

田端と美枝子はキスが出来るほどの距離だ。

「俺がいちばん望んでいるのは、だな。彼女のことはもちろん出鱈目《でたらめ》ということがわかり、俺たちをやっかんでいる誰かをとっつかまえて、謝らせて、めでたし、めでたし、っていうやつだな」

美枝子が吹き出した。ああ、おかしいと喉をのけぞらせて笑う。

「本当にあなたって正直な人よね。そこがとってもよかったんだけどね」

「過去形かよ」

「そう、あまりにも正直過ぎるのよ。普通、男の人はみんな川上さんみたいな女性を好きだろうけど、もうちょっと好みを屈折させたり、気恥ずかしさから別の女の人を選ぶわ。それなのにあなたって、真正直に彼女を選ぶんだから驚いたわ」

「随分、手厳しいな」

「そうよ、はっきり言って、婚約がわかった後、あなたの評判って落ちたわよ。少なくとも女たちの間ではね。私も正直に言うけど」

「彼女って、そんなに嫌われていたのか」

おそるおそる聞く。その噂は何度か奈穂自身の口から聞いたことがある。確か何人か意地の悪い女たちがいる、というような内容だったと思う。

「あなたが質問するし、私もかなり酔っているから、さっきのことにお答えします。今ふっと、外国の結婚式のことを思い出したの。神父さんが言うじゃないの。この二人の結婚について異議を唱える者は、今すぐここで言いなさい、さもなくば永遠に黙っていなさいって」

「俺、そんなの、見たこともない」

「そお、時々映画やドラマでやってるじゃない。私、あれを思い出した。私、今、私が知っているいくつかのことを話すわ。そしてその後一生黙っている。田端さんとの友情にかけてね」

「有難いね」

しばらく沈黙があった。それにしても何というつまらない歌を歌っているのだろう。ベイビーがどうしたこうしたと、やたら英語の歌詞が出てくる。これだったら俺たちの若い頃の流行歌の方がずっとよかった。田端は意識を別の方にそらせながら、美枝子から発せられるばかりの言葉を待った。ボクサーというのも、こんなふうにしてパンチに耐えるのではないだろうか。外国の結婚式の話は知らないが、ボクシングなら少しわかる。

「川上さんは確かに綺麗だったし、なんていうか女から見ても色っぽい人だったわ。でもね、はっきり言って女子社員には人気がなかったわね」

このくらいのパンチはどうということはない。奈穂はずば抜けて可愛いから、他の女たちの反感を買っていたのだ。

「だからっていって、女たちが嫉妬していると思ったら間違いよ」

美枝子は田端の心を見透かしたようなことを言う。

「彼女はね、ずるい娘でもないし、意地が悪いわけでもない。だけどね、どこかへんてこなところがあったわ。それはね、川上さんは女の人が嫌いなの。小さい時から男の人にモテた女の子に時々いるけれど、彼女はね、女友だちを必要としないタイプなのよ。そのことが女たちにもわかってしまう。だから彼女は、ロッカールームのお喋りや、その後の一杯にも加わらなかった。都市対抗野球の応援にも行かなかった。それって、どういうことかわかる？　つまりね、女同士でも秘密を打ち明けないっていうこと、恋人がいたかいないか、誰とつき合っているのかまるっきりわからないっていうことよ」

「なあんだ、それじゃ何にもわからないじゃないか」

田端は奇妙な安堵で、爪先のあたりが少し痺《しび》れた。しかしそれは刑の執行を少し先に延ばされただけ、というものであった。

「でもね、彼女はずっと恋人がいたと思うわ。あなたの前にね、きっといたわよ」

「それは誰なんだ、社内の奴か」

「噂じゃ、営業二課の橋本さんじゃないかって言われてたわ」

その男の名を田端はすぐには思い出すことが出来なかった。

「ほら、背が高くて眼鏡をかけていて……、たぶん佐々木さんと同期じゃないかしら。福岡プロジェクトの仕事をしているから、あなたとも一度か二度は顔を合わせていると思うわ」

記憶の向こうから、ひとりの男がぼんやりと浮かび上がってきた。銀縁の眼鏡が神経質そうな印象を与えるくせに、やたらひょうきんな男だった。つまらない駄じゃれを連発し、まわりの人間をうんざりさせたものだ。

「銀座で二人が歩いてるのを見たって人がいるわ。腕を組んでた、って言ってたけど、私はあんまり信じていない。だってこの界隈《かいわい》に勤める者が、そんな近くで目立つようなことをしないもの」

「奴と彼女は本当につき合っていたんだろうか、恋人同士っていう意味で……」

自分はひどく冷静になっていると田端は思った。まるで美枝子と一緒に何かの報告書をつくっているかのようだ。婚約者があれほどくだらない男とつき合っていたという怒りはない。

「それだって不思議はないわ。川上さんも橋本さんも独身なんですもの、恋人になったっておかしなことはない。だからって私は、橋本さんが何かあって脅迫状まがいのことを書いたとは思えないのよ。そういう手紙って、どす黒い心が書かせるんでしょう。あの人、傍《はた》から見ててもそんなとこないもの。ただの気のいい、つまんない男！」

「そうだとも」

二人は同時にぼんやりと笑った。

「でも人間って時々とんでもないことをするもんだからね。もしかしたら……」

美枝子は不意にグラスを持ち、それを頰に押しあてた。初めて見るねっとりとしたしぐさ。そして悪戯っぽく笑う。

「もしかしたら、手紙を書いたの、私かもしれないわよ」

決心するまでまる一日かかったが、次の日田端は内線電話に手をかけることが出来た。そう親しくはない相手だが、酒に誘い出し、いくつかの質問をするつもりだった。しかし電話に出た女子社員は意外なことを言う。

「橋本さんは博多に出張しています。今月の末に帰ってくる予定ですけど」

「そうですか。あの、橋本さんはいつ出かけたんですか」

「ちょっと待ってくださいね」

近くの男子社員に、えーと、いつだっけと聞きまわる声がした。

「先月の二十日に出かけていますよ」

封筒の日付は二十四日となっている。渋谷の消印となっているから、九州にいる橋本に投函出来るわけがない。人に頼めば可能だが、まさかそこまではしないだろう。

ここまでが素人探偵の限界というところであった。会社での仕事に加え、挙式の準備もある。心は急《せ》いているのだが、今の田端に手紙の主を追い求める時間はなく、美枝子と会ってから十日が過ぎた。そして二番目の手紙が彼のもとに届けられたのである。

「私が親切に忠告してさしあげたというのに、あなたは婚約を解消しないのですね。今ならまだ間に合います。悪いことは言いませんから、彼女と別れなさい。

彼女はとても恐ろしい人です。彼女のために何人が不幸になったかわかりません。淫乱で下品で、そして嘘つきの女を、あなたは本当に妻にするのですか」

最初の手紙よりも、二番目の手紙の方がはるかに短かった。その分言葉が激しくなり不気味さが伝わってくる。

田端はこんな手紙を書かれる奈穂に、一瞬だったが大層腹を立てた。これが不当なことだとしても、こんな憎しみを他人の中につくるのも、奈穂の落ち度というものではないか。彼女に隙があり、きっかけがあり、憎悪を育てる土壌があったということなのだ。

それにしても懲りることもなくと、田端はもう一度封筒を見つめた。今度の消印は中央郵便局になっていて、消印などというものがいかに頼りない手掛かりかということがわかる。

相変わらず粗末な茶封筒だ。田端のために、いや奈穂のために一円たりとも余計な金を使いたくはないという決意がありありと見える。田端は封筒を手に持ち、くんくんと嗅いでみた。以前、緑川から来たものでないかと疑い、手にとってみる気にもならなかったのだが今は違う。何かひとつ、本当に小さなものでいいから手掛かりが欲しかった。裏返し、もう一度戻した時、封筒のわりに切手がやけに立派なことに気づいた。のんびりと草をはむ三頭の馬が描かれている。下に「都井岬と野生馬」と小さな文字で説明文が書かれている。大きさも普通の切手よりもひとまわり大きい。

絵の三分の二をたっぷりととって、南の海の青があった。それを見ていたら故郷の海を思い出した。いつ帰ってくるのかと、家からやいのやいのの催促だ。結納の時は、どちらもひとり暮らしということもあり、双方の親が上京してホテルで簡単に済ませた。といってもその後、田端の両親は奈穂の実家へ挨拶に行っている。そのかわりということもないが、一度婚約者を連れて帰ってくれないかという母の電話だ。

少し疲れているのかもしれない。田端の故郷は、新幹線で二時間ほどのところにある。週末に奈穂をつれて一泊してこよう。意外なことに、現代っ子の奈穂は年長者の前でそれらしく振るまうのがうまい。別嬪《べっぴん》の嫁さんが来たと、親戚の年寄りたちも喜んでくれるはずだ。

田端はもうためらいなく、封筒を破り捨てた。とうにわかっていたことではないか。

もう引き返すことなど出来るはずがないのに、どうして愚図愚図と後ろをふり向きたがっていたのだろうか。

もう迷わない、と田端は真夜中、奈穂に電話をしてみたくなる。そんなことをすれば、奈穂は、今まで迷っていたのと怒り出すに違いないのだが……。


奈穂はきゃっきゃっと声をたてて笑っている。古いアルバムを何冊か、母親の峰子が引っぱり出してきたのだ。

「昭男さんって、子どもの頃は丸坊主だったのね。昔の子みたいですごくおかしい」

「剣道を習っていたもんだからね」

母親はにこやかに、それでも息子の弁護をする。

「そこの先生がバリカンでみんなの髪を刈っちゃうから仕方がないんだよ」

それでも奈穂は無遠慮にくっくっと笑うのをやめない。赤いニットのワンピースを着た奈穂は、やわらかく白い二の腕をむき出しにしている。それは北国の六月の宵には少々寒そうに見えた。峰子も気になると見えて声をかけた。

「奈穂さん、風邪をひかないようにしてくださいよ」

「じゃ、私、カーディガンとってきます」

「あ、いいよ。俺がとってきてやる。どうせ煙草をとりに行くから」

「昭男は、なんとまあ、嫁さんにやさしいなあ」

八十に手が届く祖父が感に堪えぬように言い、皆がどっと笑った。

田端も苦笑いしながら台所へ行き、冷蔵庫からビールを出した。立ち上がったのは、本当はこれが目的だったのだ。栓抜きを探そうと背伸びをしたとたん、状さしの中の馬が目に入った。農協からの通知やダイレクトメールが束になり、無造作に竹製の状さしにつっ込まれているが、そのいちばん上の封筒に馬の絵の切手があった。真青な海を背景にのんびりとした三頭の馬。表書きは綺麗なペン字で、田端峰子様とあった。

夢中でそれをつかみ、便箋をひっぱり出す。同じ達筆のペン字で、まず時候の挨拶がいくらかくどくどしく書かれている。

「ああ、その手紙だね」

お茶を淹《い》れに来た峰子が、いつのまにか後ろにいた。

「このあいだカマボコを送っといたらすぐに礼状が来たんだよ。やっぱりきちんとした人は違うねえ」

「母ちゃん、これ……」

気がつくと、何度も切手の上をひとさし指で叩いていた。

「そういえば、立派な変わった切手だねえ。だけど見たことがあるよオ」

どれどれと老眼鏡をずり上げる。ずっと昔だが、利殖を兼ねて峰子は、切手を収集していたことがあるのだ。

「ああ、これは今年のお年玉切手だよ」

しきりに頷《うなず》いた。

「ほらお年玉年賀ハガキの、いちばん下のあたったたやつだ。ふるさと切手シートってやつだね。でもこの切手使う人なんかめったにいないよ。持ってれば値上がりするし、マニアは欲しがるからね。でも考えてみりゃ、私も使ったことがあるよ。どうしても切手がいる時になくてね、泣く泣く記念シートを使ったけど、あの時は口惜しかったねえ」

もう一度、スタンプを見る。中央郵便局の消印と日付は、あの二通目の手紙と全く同じだった。

母親をつきとばすようにし、昭男は階段下へ向かった。旧式のプッシュホンだったせいもあり、二回番号を押すのをしくじりそうになった。

「先日は本当にいろいろ有難うございました」

「いいえ、どういたしまして」

「ところで僕は質問があるんですが」

「どうぞ、何でも聞いて頂戴」

受話器の向こうの女は、楽し気な笑い声をたてた。

「あの二通の手紙は、奥さんが書かれたんですか」

「まあ……」

女は芝居じみた驚きの声をあげた。

「彼女がしたことはすぐにバレると思ったけど、まさか私までバレるなんて」

「どうしてあんな手紙、書いたんですか」

声が震えてうまく出てこない。相手がわかるまでは何度も何度も、想像の中でした質問だったのにうまくいかなかった。

「決まってるじゃありませんか。私はあの女に大層苦しめられたんですよ。そりゃあ、ひどいもんだったわ。親子心中しようと思ったくらいにね。一時期、私の主人はあの下司女に本気でイカレてしまったんですもの。あなたたちが来た夜、私は主人が大切にしている洋酒をどんどん開けてやったわ。あなたも見ていたでしょう。嫌がらせというやつよ。主人ったら、私の計画がわかってやめさせたいのに、あなたたちの前だからそうも出来ない。本当に見ていて面白かったわ。小心者はあんなお芝居をしなければいいのに、見栄っぱりだから、あなたにいいところを見せたかったのね。

でも結婚式には行くわよ。心配しないで。仲人夫人としてちゃんとやるべきことはやります。それよりも心配なのは主人よ。可哀想に、最後の恋が終ってしまったんですものね……。どうしたの、黙りこくったりして。心配なさらないで。あんな嫌な女、絶対に結婚させるものかと思っていたけれど、もうこうなったからにはちゃんとやりますから。どうしたの、黙ったりして……」

田端のこめかみのあたりで、どくどくと音がする。もう立っていることが出来ない。からだ中の毛が立ち上がり恐怖に立ち向かおうとする。

田端はこんな恐ろしいめに、今まであったことがなかった。

朝

自分を呼ぶ声がする。熟睡とまどろみの市松模様の中、まどろみの橙色《だいだい》が次第に濃くなっていく頃、もう一度誰かが呼ぶ。

「ねえ、もう起きなさいよ」

それは若い女の声だと思ったとたん、すとんとどこからか落ちるように目が覚めた。しこたま飲んだ次の日はいつもそうだ。けれども頭は覚醒したというものの、三十六歳の木元のからだはかじかんだままである。

「本当にお寝坊さんなんだからァ」

からかいを含んだ甘い声は妻のものではない。しかし、木元はその声の主が誰だか知っている。電話でその声を聞いただけでも木元はさまざまなものを連想することが出来た。年齢のわりには淫らに見えるほど大きい乳房、真上から見る鼻のかたち、そしてシーツの上でこすれて音をたてる髪。

けれども今はうまくいかない。そうしたものに辿《たど》りつこうと脳味噌の血が走り出したとたん、大きな障害に遭《あ》ったような感覚だ。それは、忘れ物をどうしても思い出すことが出来ないというもどかしさに似ている。かすかに苦痛を伴う。

この不快感は何だろうと木元は目を開ける。接吻しようとすれば〇・二秒で出来るほど近くに美砂の声があった。

「ふふふ、よく寝てたわね」

木元は確かなものにすがろうと必死になる。この状況をきちんと組み立てて自分の脳に戻してやらなければならない。どうやら自分は美砂とどこかへ泊まったようなのだ。夜のうちに帰ることを原則としていたのだが、うっかり寝過ごしてしまったようである。さっきから感じているこの胸騒ぎは、窓から射し込んでくる朝陽のせいだ。

だがそう案じることはないと、木元は自分にいいきかせるためもう一度目を閉じた。いいわけぐらいうまくやるさ。飲み過ぎて友人の家やビジネスホテルに泊まることは、木元の場合そう珍しくない。妻の佐知子はもちろん不機嫌になるが、疑いは抱かないようだ。

大丈夫、何も案じることはない。ざっとシャワーを浴び、会社に着いてから電話をすればいい。

昨夜はクライアントがどうしても離してくれなくってね。朝の三時まで飲んじゃカラオケさ。ほら、声がかすれてるだろう。勇太は幼稚園元気で行ったか。喘息なんか親が神経質になるからいけないんだよ。

　瞬時に妻に話す内容もすっかり出来上がった。しかしこの不安は何なのだろう。その時ナイフで裂かれるように、ひとつの記憶が木元の中を走った。これからシャワーを浴びるったって……。俺は昨夜確かにシャワーを浴びた。それは自宅のシャワーだったはずだ。築十五年たつマンションだから、シャワーの型も大層古い。酔ったからだで浴びようとすると、うまくダイヤルを合わせることが出来ず、たいてい水が出る。その方が間違えて熱湯を浴びるよりもずっといいと思うから木元は我慢する。だが大層腹が立つ。昨夜もなかなか熱くならないシャワーの下で、地団駄を踏んだばかりではないか。

　そう、昨夜は家のシャワーを浴び、自分のベッドにもぐり込んだことに間違いはない。

　それならば今の美砂の顔はいったい何なのだろうか。木元はもう一度目を開けた。うすら笑いをしている美砂の背景に、見憶えのある棚と時計が見える。縁《ふち》がピンク色の丸い時計は六年前の結婚祝いにもらったものだ。それらの風景と美砂の顔とのジグソーパズルはどうしてもうまくいかない。なぜなのか考え始めたのと、解答の叫び声が出たのはほぼ同時だった。

「お、お前……」

起き上がった。思っていたよりも体はスムーズに動いた。しかし枕元の眼鏡を探そうとしたのだが手が震えてうまくいかない。

「はい、ここにありますよォ」

チョークを渡す生徒のような明るい声で女は言った。木元がまず感じたものは、驚きや恐怖ではなく屈辱であった。起きたてのパジャマ姿で、ぶるぶる震えながら眼鏡をかけている姿を見られたことへの怒りが湧いてくる。こんなぶざまな姿は女房だけが目にすればいいのだ。

「お前なんだ、どうしてこんなことしてるんだ」

「ふっふっ、驚いたァ」

上目づかいで女が笑う。

「私、さっきまでホテルにいたんだけど、何だか急に木元さんのうちを見たくなったの」

美砂のアパートの方が後になるので、送らずにタクシー代だけ渡し、木元が先に降りたことがある。だから美砂は木元のマンションを知っているのだ。だが今は自分の迂闊《うかつ》さを後悔している時ではない。

「廊下のところでうろうろしてたらね、ちょうど奥さんが子どもを連れて出てきたの。鍵しめていかなかったからオートロックかなァと思ったんだけど、そうじゃなかった。いそいで入ったらあなたが寝てるじゃない。おかしいから見てたの」

「おい、おいおいおい」

怒鳴ろうか、それとも懇願しようかと木元がとっさに決めかねている間に、美砂は急に顔を近づけてきた。

「怒らないでよ」

朝の陽の中でも彼女の皮膚はなんらの欠点も見せない。バーやレストラン、ホテルの蛍光灯の下で見るよりも、さらに露骨に二十四歳という若さを誇っているようだ。しかし今はそんなことを考えている時ではない。この部屋から子どもの幼稚園までは五分、子どもの手をひいているから七分としよう、往復で十五分とすると、今までの時間を差し引いて、妻が戻るまでのタイムリミットはせいぜい七、八分といったところだ。

「な、な、昨日君をひとり残してきたのは謝るよ。帰らないでくれっていったのに無視したんだからな。その代わり今度絶対に旅行に連れていってやる。そうだ、香港ぐらいだったら週末利用して行けるかもしれないな」

しかし美砂はそれには答えず、あたりを眺め始めた。

「ふうーん、ここが木元さんの寝るところか。わりとセンスがいいじゃない。さっぱりしててさ。さすがに奥さん、元スタイリストしてただけはあるわよねぇ」

カーペットの上の踊るような足どりは、若い女の好奇心と悪戯《いたずら》心に溢《あふ》れているが、木元にはわかっている。半分は居直りと半分は脅しなのだ。

大手とはいえないが、まあまあの広告代理店で営業の仕事をしていると、金と女にはそう不自由しない。木元の担当している部署は羽振りがよかったから、伝票をうまく操作すれば、女との食事代もなんとかなった。それだからというわけでもないのだが、結婚して一年もたった頃から小さな火遊びはいくつもしてきた。美砂もそのひとつでと言いたいところだが、そう言いきれないところに木元のつらさがある。

美砂は木元のクライアントである食品メーカーで受付をしている娘だ。最近はこういう仕事をしている女性は、人材会社から派遣されていることが多いが彼女もそうだ。短大を出てからしばらく普通のＯＬをしていたが、今はこの方が性に合っているという。有名なデザイナーがつくったという、大きく肩が張り出した水色の制服は、美砂にとてもよく似合っていて、彼女を未来都市の少女のように見せていた。受付の女性は数人いてローテーションを組んでいたが、美砂がいちばん美人だった。もうひとり誘って飲みにいったところ、その飲みっぷりに木元は驚いたものだ。ウイスキーにあまり氷を入れずに呷《あお》るように飲む。こういう飲み方をする女は、過去に男からかなり手ひどいことをされたはずだと木元は見当をつけたが、やはりそうだった。

二年前勤めていた会社で、結婚を約束した男がいた。けれどもある時、ろくに理由も伝えられずにそれを破棄された。その後、今の人材派遣会社に移り、可能な限り楽しく生きていこうと決めたのだそうだ。

そんなことを美砂がベッドの中で語るのに時間はかからなかった。

「だからね、私、木元さんが結婚している方がいいの。好き、っていう気持ちがセーブされるし、その分傷つかなくてもいいでしょう」

などとしたり顔で言ったかと思うと、次の瞬間は、

「ウソ、今言ったことはみんなウソ。美砂はね、もうなんか木元さんにメロメロになっちゃってるの。これ本当よ」

と抱きついてくる。そんな若い女がいとおしくてさまざまな愛の言葉を年甲斐もなく口にしたものだが、あれだけは言っていないはずだ。そう、男たちが女に請われて、ついうっかりと与える、

「女房と別れて君と結婚する」

という言葉だ。木元の場合、美砂が若いということが幸いしていた。彼のまわりの男たちの中にも愛人を持つ者は多いが、そのほとんどが、二十代の後半から三十代にかけてのひと筋縄ではいかない女たちだ。最初木元の友人たちは、彼女たちの自立した暮らしや経済力を見て、自分勝手な妄想を抱くようだ。しかししゃれた大人同士の関係などとほくそ笑んでいるのは男ばかりで、後から手ひどいしっぺ返しがくる。

そういう経験を、自分自身もひとつふたつ持っている木元にとって、美砂の若さは大層好ましかった。若いから欲がある。まだいくらでもいい男が現れるだろうと信じてい

る様子だ。目の前の木元に決してがつがつとしない。結婚を含めて自分の人生をぼんやりと見ている。そのくせ差し出された快楽にはひどく貪欲で、飲み干すように木元を味わっていくのがなんとも愛らしい。

「やっぱり若いコはええなァ……」

その時だけはなぜか大阪弁混じりになる男同士の自慢話で、木元は何度も繰り返し言ったものだ。

ところがいま美砂の幼さがすべて裏目に出ている。彼女は若い女独特の図太さで、棚の上の写真立てを手にとった。

「ふうーん、木元さんってなんだかんだ言ってもいいパパじゃないの。みんなでディズニーランドへ行ったのね。ふうーん、この子が勇太君か。目のあたりが木元さんにそっくり。笑っちゃう――」

木元は最初、美砂が嫉妬のあまりここに乗り込んできたと思った。だがそれにしては彼女の様子はどこか楽し気なところがある。

「な、な、悪いけど今日のとこは帰ってくれないか」

「今日のとこだって。じゃ明日はもっとゆっくり来てもいいのね」

美砂は唇の端をかすかにゆがめるようにして笑ったが、これほど意地悪気な微笑を木元は見たことがなかった。どうやら相手は自分をとことん困らせたいらしいと木元は気づいた。痛めつけたい、というほどの悪意はないが、とにかく困らせることに今は集中しているようだ。

「そういうことじゃないが、とにかくこんなやり方はフェアじゃないだろ」

時計を見た。既に五分経過していた。妻がヨウイチ君の母親に会ってくれればいいと、木元はわずかな希望を持つ。彼は一度も会ったことがないが、息子とそのヨウイチ君とはとても仲がいいらしい。おかげで母親同士も顔を合わせるようになり、幼稚園へ子どもを送っていった帰りによく立ち話をする。以前家を出て信号を待っていたら、ブロック塀にもたれかかるようにしてお喋《しゃべ》りに興じている妻と、同じ年頃の女を見たことがあった。

「馬鹿、サラリーマンがちょうど通る時間に、道端で長話している奴がいるか」

と叱ったものだが、あんなことをしなければよかった。そのヨウイチ君のうちへ上がり込んでお茶でもご馳走になっていてくれれば、というのは彼の全くの希望的観測というもので、眠っている木元がいれば、妻は寄り道せずに帰ってくるはずだった。

「おい、俺をそんなに困らせないでくれよ。頼むから今日のとこは帰ってくれよ」

「ああっ、木元さんったら、こわい顔してるう」

美砂は唇をとがらせた。その表情がたまらなく可愛いと言ったことがあるような気がしたが、そんなことさえいまいましい。二分経過した。困惑は深くなると恐怖に変わるものだということを、いま木元は知りつつある。

「ねぇ……」

声がかすれてうまく出てこない。

「君のことはちゃんとする、遊びじゃない。だから俺をそんなに困らせないで、このまま帰ってくれ、頼む」

「別にィ、困らせようなんて思ってないわ。帰るけどさァ、ちょっとあなたの顔を見てるだけじゃない」

絶望して視線を落とすと、美砂の足が見えた。紺色のミニスカートに白いストッキングという組み合わせは、足に自信がなければ出来ないものだ。昨夜、木元が脱がせたのは肌色のストッキングだった。ということは美砂は着替えを持っていたことになる。あんな小さなハンドバッグに、どうして着替えが入るのだろうか。それより不思議なのは赤坂で鯛飯の夕食を摂りながら、今夜はそんな気分じゃないとさんざん言っていた美砂が、あらかじめちゃんと泊まる用意をしていたことだ。

自分はかなり混乱しているようだと木元は思った。とりとめもないさまざまな事物が泡となって、いくつも頭の中ではじける。それがあまりにも多量で、あまりにも早いので彼はめまいがしそうだ。

時計を見た時から十分たった。木元のからだは自然前かがみになる。ベッドの上です

るのも土下座というのだろうかと、その瞬間、またつまらぬ泡が飛び、

「お願いだ。このとおりだ。黙って帰ってくれ、お願いだ」

顔を上げて美砂の顔を見る。彼女のアイシャドウを塗っていない瞳に、まざまざと軽蔑が映っていた。自分が今どんな姿をしているかはっきりとわかる。パジャマのままでひとまわり年下の愛人に必死で頭を下げているのだ。

「帰るってば、帰るわよ。だからそんな格好をしなくてもいいのに」

美砂はあきらかに不機嫌になっている。身を翻そうとした隙にスカートが揺れた。低い位置にいる木元からは、紺色の布の奥がちらっと見えた。そこはもはや彼が自由に立ち入ることが許された領域である。二十四歳の綺麗な女の太腿に手を伸ばすことの出来る特権。これをもしかすると失うかもしれないという思いは、木元を大層あわてさせた。泡がまたはじけて飛ぶ。美砂の長い髪が汗を吸って首すじにまとわりつくさま。彼女のウエストの左下に三つ並んだ小さな黒子《ほくろ》。それはたとえようもなく得がたいもののような気がした。

「ほら、怒るなよ、怒るなってばさ」

立ち上がると、パジャマのズボンのだらしない皺がさざ波をつくった。妻はどうしてパジャマにアイロンをかけてくれないのだろうかと、木元は舌うちしたい思いになる。洗濯機で洗ったそのままなので、衿などはいつもくしゃくしゃに内側に折れ曲がってい

るのだ。

「ね、ね、怒るなってばさ」

ベッドの布団の上からおおげさに床におりようとした拍子に、右の踝《くるぶし》をしこたまぶつけてしまった。美砂はくすりと笑いをもらしたが、それが蔑笑でない証拠に、頬のあたりがやわらかくなっている。木元はそれに救いを求めて、後ろから抱きすくめた。

「やだァ……」

美砂の髪からはよいにおいがする。木元は昨夜のホテルに置いてあったレブロンのシャンプーとリンスを思い出した。美砂と会う時はホテルに部屋をとる。毎回シティホテルとはいかないが、昨日行ったところはかなり無理した方だ。

帰りぎわに洗面所に入り、レブロンのシャンプーか、さすが高いところは違うと眼をとめたのを憶えている。木元を送り出して今朝、美砂はひとりでシャワーを浴び、髪を洗ったのだ。そして何時間か前に帰った自分のことを思い出したに違いないと考えると、木元はふと彼女のことを許してもいいかとさえ思う。しかしそんな悠長な感情にひたっている場合ではない。いつドアが開いて妻が帰ってきても不思議ではないほど事態は切迫しているのだ。

くるりと美砂をこちらに向かせ、きつく長く唇を吸った。この時間を惜しんではいけないことを、木元は過去の経験から知っている。軽く済ませようとすると、女は腹を立て、もっととせがむ。かえって時間がかかることになってしまうのだ。

「あのさ、駅前に喫茶店があっただろ。三十分ぐらいしたら行くから、そこで待っていてくれ」

「何ていうとこ」

「ココだかナナとかいう名前だ。パン屋の二階だからすぐにわかる」

「えー、ちゃんと言ってよ。ココっていう名前で本当にいいの」

「ナナでもココでもいいじゃないか。パン屋の二階だよ、パン屋の」

「だってェ、パン屋さんが何軒もあったら困るじゃない」

木元は背すじがうっすらと寒くなった。時間というナイフを背中にあてられている。

「とにかくパン屋の二階で二文字なんだ。すぐわかるからお願いだ、すぐに行く。本当に三十分以内で行くから」

最後は悲鳴のようになった。じゃ、待ってるからと美砂はハンドバッグを肩にかけ歩き始めた。

なんて遅い歩き方だ。木元は自分の呼吸が荒くなったのがわかった。

「バーイ、バイ」

玄関のところで立ち止まる。ハイヒールの先の延長線には、四歳になる勇太のズック靴がハの字形に置かれていた。

「お邪魔しましたァ」

馬鹿、声なんか出すんじゃない。早く行け、と叫ぼうとしたが出来なかった。もしそんなことをしたら美砂がひき返してきそうな気がする。

ドアまで送っていこうとしたが、それは大層危険なことだ。木元の中でひとつの確信が生まれている。それは自分が玄関のところまで近づけば、きっと美砂は自分に触れるかどうかするだろう。その時にドアのノブというものは妻の手にあって、あちら側から開くものなのだ。運命とは本当にそういうものなのだ。

ドアの閉まる音を、木元はどれほどの安堵をもって聞いただろう。へなへなとそこに座り込んでしまいたい気分だ。

とにかく気を落ち着けようと、リビングのソファに座ってマイルドセブンを一本取り出した。うまく取り出せず、やっと一本を口にくわえたらそれを合図のようにしてドアが開いた。

「あら、起きてたのね」

さっきの踝のあたりが、小刻みに震えている。危機一髪という言葉があるが、まさにそのとおりではないか。美砂が出ていってから三十秒とたっていない。まるで妻がドアのあちら側に立っていて、美砂と入れ違いに入ってきたようだ。

「あら、どうしたの」

妻は大きな声をあげる。

「まるで私のこと、幽霊を見ているみたいな顔をしてるわ」

「よせったら、おかしなこと言って」

何もかも気づいた妻が探りを入れているのではないだろうかと木元はたちまち不安になる。それで煙草を深く吸った。ささやかな成功と慰労のために味わうはずだった煙草は、たちまち胸苦しいものとなった。

「それより飯にしてくれないか。コーヒーとトーストだけでいい」

「あら、今日は遅く出てくって言ってなかった」

「そう思ったんだが、やっぱり早めに会社に行って調べることがあるんだ」

後ろめたいことがある夫が誰でもそうするように、木元はいらいらした声を妻にぶつける。本当は何も食べずにすぐさま駅に駆けつけたいところだが、それだと妻に不審がられるかもしれない。寝坊しても木元は何かを必ず胃の中に入れるのを健康法にしていたからだ。

妻は後ろ向きになり、ヤカンに水を入れ始めた。水道の音が激しく聞こえる。十畳ほどのＬＤＫというやつで、右側にさっき美砂が出ていったドア、左側に寝室に通じる洋風の襖《ふすま》がある。

妻が流しに立っている間に、木元はあたりの点検を始めた。以前はカーペットを敷きつめていたのだが、生まれてきた子どもに喘息の気があり、今はフローリングにしている。その木の床に、美砂の長い髪が落ちていないかと、木元は目を凝らした。キスをかわした空気を取り替えることが出来たら、自分はもっと安心するのだが。美砂がいっさい香水をつけない女なのが幸いといえば幸いだった。

やがてまな板を叩く音が聞こえる。コーヒーとトーストだけでいいといったのだが、手早くサラダをつくっているらしい。ショートカットの佐知子の首すじはまだ十分に若く、ジーンズの尻もやわらかな丸味を残している。

木元のように広告の仕事をしていて、スタイリストを妻にしている者は多いが、たいていはうまく家を切りまわしているようだ。スタイリストというのは華やかに見えるが、その実、神経を使う肉体労働である。借りてきたスカーフ一枚にもアイロンをかけ、値札を元どおりにつけて返すという几帳面さが要求される。佐知子はそう売れっ子というわけでもなかったので、結婚すると同時に家に入った。そのうち少しずつ仕事をやってみようかなどと言っていたのだが、子どもが生まれてからはそんな気持ちも薄れていったようだ。

とはいうものの、普段着のジーンズでいてもどこか垢ぬけている女だ。サラリーマンの給料だから贅沢が出来るわけでもないが、カーテンやクッションの色どりを揃え、花を飾る。家の中がしゃれているというのは訪ねる人が皆感心することで、木元はそんな妻にこれといって不満があるわけでもない。しかし妻に満足しているのと、よその女に心が惹かれていくのは誰でも言うとおり、全く別の話なのだ。そうでなかったら、どうしてこれほど怖い思いをしてまで、他に女をつくるものか。

「ねえ、あなた」

佐知子の尻が左右にかすかに揺れる。

「さっき、女の人が訪ねてこなかった」

さきほどから痛めつけられていた心臓にとどめをさされたような感触だ。しばらく息が出来ない。妻は何もかも知っている、いや何も知りはしないという二つの思いがせめぎあって答えが出来なかった。しかし妻の声はもう一度解答を求めて繰り返された。

「ねえ、さっき女の人が来なかった」

運のいいことにテーブルの上には朝刊があった。本能的な力が働いて、木元に新聞をいじらせる。そして紙のがさがさいう音に加えて「えっ」というしごくのんびりした声を出させることに成功した。

「女だって、何、それ」

「若い女よ。髪の毛がこう長くってね、紺のニットジャケットに同じ色のタイトスカートだったわ」

昔そういう生業だった妻は、表現が緻密《ちみつ》である。そのことは木元を脅えさせるに十分であった。

「どうしてそんなこと言うんだよ」

「あのね、幼稚園へ行く時、非常階段のあたりに誰かいたのよ。その時はあんまり気にならなかったんだけど、帰りにその娘《こ》とすれ違って、ああそうか、さっきの娘だと思ったの。でもヘンよねえ」

「何がヘンなんだ」

木元はさらに音高く新聞紙をめくった。

「だって廊下の角のところですれ違ったんだけれど、右の方はうちを含めて三軒しかないのよ。高橋さんや山崎さんに行ったって仕方ないじゃないの」

妻は共稼ぎをしている家の名を挙げた。

「だからね、うちから出てきたのかなあって一瞬思っちゃったわけよ」

木元は妻の尻と背中から何かを探ろうと骨をおった。これは鎌をかけているのか、それとも全く何も気づかずに無邪気に聞いているのか。しかしいずれにしても木元のとるべき手段はひとつしかない。それはいささか不機嫌そうにとぼけることであった。

「そういえばチャイムが何度か鳴ったよなあ。あんまりしつこいから、どなたですかァって声をかけたら〝なんとか会〟って言ってた。新興宗教の勧誘じゃないのか」

この新興宗教の勧誘というのは、いま木元が思いついたことだ。一瞬のこの素晴らしいアイディアに、彼はすっかり有頂天になってしまった。

宗教の勧誘、なんていい名目なんだろう。これですべてつじつまが合うというものだ。

その時、妻がくるりと振り向いた。微笑んでいる。しかし唇の端が下向きの楕円形になり、その意地悪な表情は、さっきの美砂にそっくりだった。そして妻はまるで歌うように言った。

「あら、そう、そうだったの。でもとても宗教の勧誘してるみたいには見えなかったわよ。ミニスカートをはいて、宗教する娘《こ》なんているのかしら」

「そりゃ、君、認識不足というもんだぜ」

トースターから四角いパンが音をたててとび出した。木元はそれにマーガリンを塗る。本当はバターにしたいのだが、妻は植物性とかカロリー半分とかいう表示のあるマーガリンしか買ってこない。それをパンになすりつけるのは、朝いちばんのいらだちというものだ。しかし今日は丁寧に四角の隅々まで黄色がいきわたるようにする。そうしたらとても落ち着いて穏やかな声が出た。

「最近はいろんな宗教が流行《はやり》だからね。ミニスカートの可愛コちゃんが宗教やっていたって何の不思議もないさ」

「あら、すれ違った娘が、可愛コちゃんだなんてどうしてわかるの」

「そりゃ、わかるさ。ミニスカートなんか若くて綺麗でないとはかないからな」

木元はマーガリンを塗った時の数倍の早さでパンを噛みくだいた。これ以上テーブルに座っていることの危険を感じとったからだ。

「あ、コーヒーもサラダもいらないよ。もう出かけるから」

「おかしな人。人が急いでつくってるのに。ほら、もうコーヒーが沸いたわよ」

「勇太の牛乳を飲んだからいいさ。とにかく一刻も早く会社に行って資料を見たいんだ」

さきほどの宗教の勧誘というのが八十点ならば、これは四十点ぐらいの言いわけかもしれないと木元は思った。

ドレッシングをかけた野菜の皿を持ちながら、妻があきらかにふふんと鼻で笑ったからだ。今日はよく女に嗤《わら》われる日だ。

木元の住んでいる街は、山手線から私鉄に乗りかえて三つほどいったところにある。今はもう都心といってもいい。かつては高級住宅地で知られていたが、今はそれを攻め囲むようにマンション群がある。不動産屋にいわせると平均より高価な物件が多いそうだ。確かに駅に向かうサラリーマンはやや年が上で、ラッシュの時間は繰り下がっている。

改札口にのぼる階段の横に新宿中村屋のチェーン店と、パン屋がある。その前に立って木元はしまったと思った。店の名前はココでもナナでもなく、ファンファンというのだ。仕方ない、男が自分の住んでいる街の、駅前の喫茶店になど入るものか、ファンファンだろうがココだろうが同じようなものだと思うのだが、これを美砂は大きな不満の材料とするだろう。

パン屋のショウウインドウは、ちょうど焼きたてのクロワッサンやペストリーが並べられたところだ。それを器用にはさんでトレイに載せていく女たちを横目で見ながら、その横にある階段を登った。二階の床に足を踏み入れたとたん、ガラスのドアがするすると左に動いた。自動ドアだった。心構えをしていなかった木元は、大変な失策をしでかしたような思いで中に入る。

いちばん奥の席、観葉植物のかげに美砂は座っていた。ドアの開く音にこちらを見たが、スポーツ紙を手にしている。それは店に備えつけのものだったが、赤と青の見出しと、ふてくされた美砂の顔とは妙に似合っていた。

「この店、九時開店だったのよ」

木元が席に着くや言った。

「だから十分ぐらい下でまごまごしてなきゃならなかった。ちょうどみんな駅に向かって歩いてくるところで、すごおく恥ずかしかったわ」

「君は今日、会社どうしたんだ」

「風邪ひいたから休ませてくれって、さっき電話したわ。こんな気分のままじゃとても働く気になんかならない」

さっき部屋にいた時の、不自然といってもいいほどの快活さはすっかり失《な》くなり、美砂は唇を固く結ぶ。

「私さ、木元さんにどうしても会いたくなったのよ。顔をひと目見て驚かしたらすぐに帰るつもりだったのに、木元さんたらまっ青な顔をしちゃってさ」

「だってそうだろ、びっくりするのはあたり前じゃないか。目を開けたら君の顔があって、場所はわが家の寝室。これで腰を抜かさない男がいたらお目にかかりたいね」

ここでウェイトレスが水を持ってやってきた。コーヒーと言った後で木元は突然不安になる。勤め人の常でこのあたりの店とは全く馴染みがないが、何といっても地元なのだ。このウェイトレスの若い女と、どこでかかわり合いを持つかわからない。

木元は振り返り、彼女の背中が十分遠ざかるまで見届けようとした。その態度がますます美砂の癇にさわったらしい。ねえ、ちょっと、と声を荒らげた。

「私、ああいう時、男の人の本当の気持ちがわかると思った。早く出ていけといわんばかりの木元さんの目、私への憎しみでいっぱいだった。私、一瞬殺されるかもしれないと思った」

「おい、おい、おおげさなことを言わないでくれよ。本当に驚いただけだよ、仕方ないじゃないか」

開店したばかりの店は冷ややかさに満ちていて、鉢植えのベゴニアの葉が如雨露《じょうろ》の水で濡れている。客は木元と美砂の二人しかいない。若い美砂の声はそれでなくてもよく透って、木元は気が気ではない。彼の声は反比例して次第に低くなり、その分、身ぶり手ぶりが大きくなった。

「美砂の気持ちはすごく嬉しいよ。そんなにまでして僕に会いたかったっていう気持ちは嬉しいなあって、ここに来る道々じいんときた。だからおかしな誤解をしないでくれよ」

「そうかしら。でもさっきの私を見た目つきったら……。本当に悲しかったわ。この店で待ったりしないで、もう帰っちゃおうかと思っちゃった」

ほとんど化粧をしていない美砂の肌は、白くさえざえとしている。目の下にある薄いソバカスの上を、つつうと大粒の涙がいきなり走った。それは木元をすっかり動転させた。

「お待たせいたしました」

ウェイトレスが大股で近よってきてコーヒーを置く。白い受け皿に黒褐色の液体がわずかにこぼれている。これほど急いで持ってきたところに彼女の意図があるようで、木元は嫌な気分がした。ウェイトレスは伝票を置きながら実にすばやく美砂の方に視線を走らせる。運悪く美砂は涙を拭こうと、ハンドバッグからハンカチを取り出したところで、ウェイトレスの目が微妙にまたたくのを木元は目撃した。

自分は安全圏の中に入り、やっとひと息出来ると思ったのだが、それは甘い考えであった。あの寝室と、この二人きりの喫茶店とはそう変わりがない。女はいきり立ち、男が必死でなだめるという図式までそっくり同じだ。

「私、信じられない。もうダメよね、木元さんのあんな目見ちゃったら。私のこと、愛してるとかいっぱい言ってくれたけど、もう信じられないのよねえ……」

「あのさ、この目は生まれつきのわけ。この目がいけないって言うんだったら僕の親に言ってよ、ね」

木元の冗談に美砂はにこりともしない。ハンカチを目の縁にあて出したから木元はますますうろたえる。

ここをいったいどこだと思ってるんだ。うちから歩いて十分の駅前の喫茶店だぜ。こんなところでしくしくやっているのをもし誰かに見られたらどうするつもりなんだ。

その時ドアの開く音がした。女が四人入ってきた。彼女たちは階段をあがってすぐの自動ドアのことを十分知っているようだ。楽し気な表情を外からずっと維持しているように見える。入り口に近い窓ぎわに座った。木元は彼女たちから目を離すことが出来ない。近くに住む女たちであることはすぐにわかる。皆カーディガンや、セーターという軽装だ。問題は年齢だった。三十代になったかならないかの年齢は妻と一致する。木元は横目で女たちを眺める。子どもの父母会や運動会で出会った顔はないようだが油断出来ない。この街に越してきてから三年、ほとんど寝に帰ってくるだけのような木元に比べ、妻のネットワークの大きさといったらどうだ。幼稚園の母親たちとバザーを開いたかと思うと、テニスの練習を始めたりする。この頃は牛乳パックの回収運動に夢中だ。こちらは面識がなくても、活動的な彼女の配偶者として、木元は知られているかもしれなかった。

「ひどいわ、私の話をちっとも聞いてないじゃないの」

あわてて顔の向きを直すと、美砂は完璧に目が吊り上がっている。

「ひどい、ひどい。私だってかなり反省してるのよ。それなのにひどい」

これと全く同じ妻の目を見たと思った。あれは二回目の浮気がばれた時だ。女と写っている旅先の写真を破り捨てた後、佐知子はこんな目で木元の前に立った。そしてその後、ヒステリーじみた泣き声が喉からもれたはずだ。

まずい。怖ろしい予感に木元は立ち上がる。今ここで美砂にあんな声を出されたらどんなことになるだろう。ウェイトレスはもちろん、四人の女たちにこちらを堂々と見ることの出来る権利を与えてしまうのだ。そして女たちの詮索が始まる、いったい何が起こったのか、あのぶざまな男はいったい誰の夫なのか、彼女たちはきっと確かめようとするだろう。

長く考える余裕はなかった。木元は美砂の手を強くひいて立ち上がらせた。

「さあ、出るんだ」

美砂は大きな声で泣き出す用意をしていたようで、その声を「嫌よッ」という叫び声の方にまわそうかどうか迷っていた。しかし木元があまりにも真剣な顔をしているので、出しかけた息を呑み込む。

この隙に彼は脱出しなければならなかった。コーヒーは一杯四百円だったと見当をつけ千円札を紙入れの中からとり出す。釣りはいらないからとレジに置き、そのまま出てくることが肝心だった。そしてもっと大切なことは、たえず美砂と接触しなければいけないということだ。女たちの手前、手を握ることは出来ないが、目立たぬように腰のあたりに手を置こう。そして一刻も早くタクシーに乗り、どこかのホテルへ行く。

若い頃、木元は友人たちとよく言い合ったものだ。

「煩《うるさ》い女にはキスがいちばんさ。口には口を。口を塞ぐには口じゃなくちゃね」

中年になろうとしている木元は、さらに手間と時間をかけて女の涙と叱責とをやめさせなければならない。幸いクライアントとの約束は午後一時だ。このまま急げば何とか間に合うだろう。

美砂のような若い女を黙らせるのは、何よりも抱擁なのだ。いつもより手間をかけてからだを開いていく。そして愛しているよと何度もささやけば、女はぐったりするはずだ。泣きじゃくる声はすぐ甘いしゃくり声になり、後はいつもどおりになる。

とにかく早く車に乗らなければ。二人きりの場所へ着き、木元が少し主導権を握らなければにっちもさっちもいかない。今や美砂は、他人の視線や公共の場という強い味方をつけて木元を支配しようとしている。そんなことをさせるものか。この娘のからだのことは自分がよく知っている。こんな気分になったのは初めてよと、美砂はよく言っていたではないか。

そう、密室に行けさえすれば、二人きりになりさえすれば、こんな小娘の思いどおりになどなるものか。

駅に向かうサラリーマンとは反対方向に、タクシー乗場へ急ぐ二人の姿はかなり目立ったらしい、露骨な視線をあてる男が何人かいた。幸いなことにタクシー乗場には二台車が止まっていた。美砂を先に座らせ、後から車内にもぐり込んだ時、安堵のあまり木元は深いため息をもらしたものだ。

「どこへ行きましょうか」

声からして初老の運転手が言った。

「ほら、高速に乗るインターのとこに、ホテルが何軒かあるだろ。どこでもいいからそこへ行ってくれ」

もう恥も見栄もかなぐり捨てて木元は叫んだ。美砂は「やだァ」とつぶやいて照れた。しめたと思う。木元の賭けはどうやら成功したらしい。

「ホテルねえ……」

運転手は顔を三十度だけ動かして言った。

「やってるかどうかわかんないよ。こんな朝っぱらだからねえ……」

運転手の嫌悪と軽蔑をはらいのけるために、木元はもう一度叫ぶ。

「この時間でも、朝でもホテルはやってるものなんだ。頼む、お願いだから早く行ってくれ」

タクシーは急発進した。

わたくしの好きな写真

私は髪をひとつに編んでいる。いつもは肩のあたりに垂らしている髪を右側に寄せ、さりげなく編み込んでいる。それは私をひどく若く見せ、二十六歳のＯＬというよりも、むしろ女子大生だ。

伊豆へ皆でテニスに行った時の写真だけれど、私の友人たちも幸福と若さで輝いている。私たち六人はそれぞれ片手にラケットを持ち、ネットのまわりに集まっていた。中にはお決まりのピースサインをしている者もいるが、それも照れのひとつだと思えば、嫌な感じではない。

今日ＤＰＥ屋からもらってきた写真を、私は丁寧にアルバムに貼りつける。駅前の土産物屋で買った小さなシオリや、観光バスの半券も添えるのが私のやり方だ。七色のサインペンを使って説明文も書く。

「五月三日から伊豆へ二泊。お天気もよくて最高のテニス日和。残念だったのは連休のせいで、どこの道路も込んでいたことかしら」

「さっそく試合開始。祐子のミスを吉岡クンが救っていたのがいい感じ。さすが恋人同士だネ」

几帳面とは決して言えない私が、アルバムだけはたんねんに整理する。一枚一枚ファイルし、記念の小片も貼りつけ、そしてきちんとキャプションまで付けているのだ。そのことを家族さえ不思議がるけれど、そう、私にはわかっているのかもしれない。こんなことが長く続くはずはないと。私はいつまでも二十代でいられるわけではない。もうじき顔にはさまざまな皺やシミが植えつけられ、声もしわがれていくはずだ。その時が来たら、私がかつてなめらかな肌と長い足を持ち、かなり綺麗な娘と言われていたことなど誰が信じてくれるだろう。その日のためにも、アルバムは何冊もつくっておかなければならない。たった今も手からさらさらこぼれ落ちる時を、何らかの方法で封じ込めなければならない。それが私の場合アルバムなのだ。

そんなことを、私は親友の祐子にだけ打ち明けたことがある。すると彼女は、目を大きく見開いたまま、ふんと鼻を鳴らした。

「バカバカしい。今のうちからどうしてそんなことを考えるわけぇ。年とってから見るアルバムつくるなんて、あんたって変わってるわ」

そういう祐子は昨年ぐらいから、目尻の小皺にとても悩んでいる。笑うと八重歯が見え、愛らしい少女のようになるのが彼女の最大の魅力なのだが、小皺のためにその手が使えなくなったわと、よくこぼしているではないか。そうそう、よくこんなことも口にする。

二十六歳っていったら、もう何もかも終わりよ。世間じゃおばさんみたいに言われてさ、会社でもおいしいところは、みぃんな若いコたちがかっさらっていくわ——。

次第にしのびよってくる老いを、祐子は絶対に認めたくないのだ。だからありきたりの愚痴や、言いふるされた嘆きの言葉でごまかそうとしている。そしてどこかで、そんな自分を楽しみ、まだまだ大丈夫と言いきかせているのだ。

私は祐子のように、そのことに昨日今日気づいたわけではない。人間はいつか老いていくことを、私は幼い頃から知っている。それが幸福なことなのか、不幸なことなのかよくわからないけれど。

私が小学校に入学した年、母が入院した。あの頃でもかなり珍しかったと思うが、結核と診断されたのだ。妹の出産でかなり無理をしたのがいけなかったらしい。長くかかりそうだということで、徳島から母方の祖母がやってきた。病気の性格上、母に会うことも出来ない私を不憫がって、祖母は私を大層可愛がってくれたものだ。当然のことながら、私も祖母にまとわりついた。

祖母は五十を少し過ぎていたかもしれない。色の白いたっぷりとした大女で、一緒に風呂に入ると、湯が音をたてて溢れる。それをよけようと、湯船の横でひえっととびのいたりするのはとてもおもしろかった。

「ゾーさん、ゾーさん」

と言いながら、私は祖母のつややかな背にからだをあずける。そうしてからだのさまざまな場所に触れたりする。中でもとても私の注意をひいたところがあった。それは足の踵《かかと》だった。まだどこも艶やかさを失っていない祖母のからだの中で、そこ一点だけが灰色に醜く固まっている。押すと人間の皮膚とは思えない感触があった。幾重にもひび割れて、それが層をなしていた。

「すごいね、おばあちゃん。ここんところ、こちんこちんだよ」

私が言うと、祖母はやおら私を抱きしめるようにする。膝の上に置き、ゆっくりとゆっくりと湯を流しながら、歌うようにこう言ったのだ。

「あのな、おばあちゃんも昔は、美樹ちゃんみたいに、どこもかしこもすべすべしていたんだよ。美樹ちゃんみたいに、可愛い女の子だったんだよ」

湯気の中で、祖母のしゃぼんをたっぷりつけた指は首すじから、扁平な私の胸を何度も上下する。まるでどこかへ消えてしまった文字をなぞるようにだ。私はくすぐったさのあまり、大げさに身をよじった。そうしながら、なにかを滑稽に否定しなければいけないような気持ちになったのも本当だった。

「ウソだア……。おばあちゃんは昔からおばあちゃんだ」

「いや、そんなことはない。おばあちゃんは、美樹ちゃんよりもずっとずっと可愛い女の子だった」

祖母はまるで呪文のように繰り返したものだ。

もちろんこんなことが、私の人生に大きな影響をあたえたとは思ってはいない。確かに要素のひとつではあるけれど、決定的なことではなかっただろう。この後、母が結構深刻な事態になり、父親から、もしかするとお母さんはいなくなってしまうかもしれないよと告げられたことの方が、はるかに大きいだろう。

けれど幸福なことに、母の手術は成功し、一年後に退院した。よそに預けられていた妹もひき取られ、私たちはあっという間に平凡な家族になった。その早さときたら、こちらが気恥ずかしくなるほどで、ついこのあいだまで悲劇の一家だった私たちが、家も改築し、まるでホームドラマに出てくるようなお気楽で退屈な家族になったのだ。

たまに見舞いに行くと、私を抱くことも出来ず、目にいっぱい涙をためていた母が、エプロンをつけ、

「美樹ちゃん、早く起きなさい。お弁当だってもう出来てるわよ」

と声高に叫ぶ世界に、私はなかなか入っていくことが出来なかった。高校から大学へ進むにつれてもそれは変わらず、母を怒鳴りつける父や、我儘ばかり言う妹の傍らで、

私はたった一人、祖母の独特の拍子をつけた言葉を思い出していた。

「おばあちゃんだって、昔は美樹ちゃんみたいに可愛い女の子だったんだよ。でも仕方ないさ。人は年とって、死んでいくもんだからね」

青春時代、私はアルバムに残せるような写真を撮るために、スポーツをしたり、恋をしていたところがある、といったら信じてもらえるだろうか。とても不自然なことだったけれどそれは本当だ。

大学に入り、テニス部から勧誘された時、私がまず考えたことは、

「あ、これでさまになる写真がいくつも出来るわ」

ということであった。私は祐子たちと一緒に合宿に参加し、白い服を着て笑いころげる写真を何枚も撮ったものだ。そしてボーイフレンドが出来た時も、私はいつもカメラを持っていったと思う。春の海へのドライブ、クリスマスの夜、ミサに行った帰り道で、私はよく見知らぬ人にシャッターを押してくれと頼んだものだ。いま私の手元には、都会に住むいかにも満ち足りた恋人たちの写真が何枚もある。私はなんて綺麗なんだろうと、取り出しては後からよく眺めたものだ。そして同時に、もう一度これを見つめる二十年後の自分を想像する。中年を過ぎた私は、おそらく今と同じようには写真を見つめられないだろう。哀しみに満ちたため息をつきながら、過ぎ去った日がいかに幸せだったかを知るだろう。そんなことを考えると、私のからだの中に、かすかな快感が走る。

未来の自分に復讐を遂げているような気分にさえなる。

復讐――。未来の私がいったいどれほど悪いことをしたのだろうか。それはわかっている。年をとること、美しい肌を失ってしまうことは、現在の私に対する大きな罪悪なのだ。

本当に皮肉といえば皮肉な話だけれど、これほど写真好きの私が、ある時から写真を撮ることが出来なくなった。テニスに出かけたり、ゴルフのコースに出たりなどといった他愛ない写真ならいいけれど、いちばん撮りたい人との写真が不可能になった。つまり、私の恋の相手は、妻も子どももいる男性なのだ。おまけに会社の上司というよくある話で、自分でもなんだかおかしくなってしまうことさえある。

上司といっても彼は直属のそれではなく、隣の課の課長代理で、何度か飲みに行ったのがきっかけだった。四十歳で代理というのは、うちのように人数の多い会社だということを考慮に入れても、決して有利なコースだとは言えないと思う。小説やドラマによく出てくる不倫の相手は、たいていやり手の男で、仕事もばりばりこなす。世間知らずの女の方はその強引さに魅かれて……というのがよくある筋らしいが、高梨さんはまるで違っていた。

あまりにも背が高いので、いつもつい猫背になってしまう。その様子が、ぶっきら棒に歩く高校生に似ていた。年齢なりの落ち着きがありながらも、彼は白髪もシミもなく、綺麗な肌をしていた。若々しいというのとも違う。年齢を重ねる途中で人が身につける不必要で汚いものは、上手に濾過器で漉《こ》してとり除いてしまった。そんな清潔さが彼にはあった。

昨年の秋、それはそれは苦労して、二人きりで一泊の京都旅行に出かけたことがある。その時、初めて私はカメラを持っていかなかった。機種には全く凝らなかったが、コンパクトなものを三つ持っている。旅行にそのどれもを持っていかなかったというのは、初めての経験だった。

紅葉には少し早い嵯峨野や、御所を歩きながら、私は少しいらついていたかもしれない。将来のために、二十六歳の今おしゃれな不倫をしていたことの証拠を残したいのに、それが出来ない。なんてつまらないのだろう。私は一、二枚ぐらい秘密の写真を欲しかったのに、高梨さんはそれは危険だと言う。

「美樹子が写真撮って、人に見せびらかさないはずがないよ。それを考えるとおっかなくて、おっかなくて……」

高梨さんは冗談めかして言ったけれど、かなり本気だったろう。私は写真を撮るのも好きであるが、同時に見せびらかし癖もあった。私はいつもバッグの中に、DPE屋でもらう小さなファイルをしのばせていて、人にすぐ見せたがる。もちろんそれは例の他愛ない写真ばかりで、うちの愛犬だとか、このあいだ友人と行った花見での宴会風景だったりもする。

「ほら、これが大学時代の友人の祐子よ。ちょっと美人でしょう。学生の時からモテるんで有名だったのよ」

というふうに解説をつける。けれどもたいていの人が興味を示してこないのが私には不思議だった。中には、

「お、ピチピチしてるね。ふうーん、このコも同級生。今度紹介してくれよ」

などと身を乗り出す男もいたが、ほとんどは、ふうーんとそっけなく取り上げ、そしてすぐにテーブルの上に置いてしまう。どうして皆、私のように情熱を持って写真を見つめないのだろうか。

写真を撮るのも、見せるのも大好きとなれば、当然私が人のそれを見るのが嫌いなはずはない。私はよその家へ行く時、茶や酒の接待よりも、まずアルバムを見たがった。これも私の発見したことのひとつであるが、人というのは他人の写真を見せられるのは好まないが、自分のそれを見せるのは決して嫌いではない。特に新婚や、子どもが生まれたばかりの家では、私のこの性癖は大いに歓迎された。

アルバムにはたくさんの秘密が写し出されている。都会のしゃれたマンションに住む若夫婦の背後に、古びた田舎の風景がこびりついていると知るのも写真からだ。初孫を

抱く女があまりにも下品で、醜く年をとっていることに私は驚くことがある。そしていま目の前にいる、気取って紅茶を淹《い》れている女とうまく重ならなかったりする。けれどもそれもなにやら愉快だった。

どうして皆、あれほど多くのものをたやすく見せるのか。それは私の持っている大きな疑問だ。写真には、憎悪も愛情もさらに増幅させるような力がある。

そう、いま私のいちばん見たいものは、高梨さんのアルバムだった。もちろん子どもと一緒に動物園へ行ったり、家族でドライブしているなどといった写真は見たくない。私がどうしても目にしたいものは、彼の子ども時代や学生の頃の写真だ。それは私が男の人を好きになる時の儀式のようなものだ。

学生時代恋人だった、奥山君のことを思い出す。彼とは結婚まで考えていたぐらいだったから、本当に好きだったはずだ。彼の家に遊びに行った時、ねだってアルバムを見せてもらった。

「どうしてそんなものを見たがるんだよお。お袋がどこかへしまっちゃって、どこにあるか知らないよ」

などと文句を言いながらも、彼はどこからか探し出してきてくれた。

恋人に肩を抱かれながら、その彼の子ども時代の写真を見るというのは、なんて幸せな行為だったろう。そしてあの頃の私は、なんて子どもだったんだろう。

もともとお坊ちゃまだと思っていたが、アルバムの中の奥山君は、さらに優雅にふるまっていた。ヴァイオリンの発表会で演奏する彼がいる。田舎の祖父母の大きな家で夏をすごす彼がいる。彼が昔はずっとつぶらな目をしていたことも、私を少なからず感動させた。階下に彼の両親がいたにもかかわらず、私たちは抱き合ったままベッドに倒れ込んだものだ。

「私、見たいわ、高梨さんのアルバム」

そんな思い出話などせず、いま思いついたことのように私は言う。

「どうしても見たいの。ねえ、今度アルバムを見せてよ」

「アルバムだって、そんなものどうするんだよ」

高梨さんはこんな時、男の人が誰でもするように顔をしかめた。

「だって、あなたの子どもの頃の写真を見たいんだもん」

ベッドの中だった。鼻を鳴らして拗《す》ねるようにする時、彼の肩がかすかに私から逃げようとするのを見逃さなかった。彼はどうやら用心し始めたらしい。不倫の相手から、「子ども」という単語が発せられると、男は本能的におびえてしまうようなのだ。

「子どもの時の写真なんかありゃしないよ。みんな実家に置いてきてしまった」

高梨さんは枕の上で腕を組んだから、腋の下が丸見えになった。男にしては薄い毛が、湿った肌に貼りついている。すぐ傍で、男にこういう姿勢をとられると、女は取り残されたようにも、拒否されているようにも感じる。

「子どもの時のじゃなくてもいいわ。あなたが大学生の頃とかの写真。それだったらきっとあると思うわ」

「引越しでどうなったかわからないな。この何年か見たことがない。女房に聞けばわかるかもしれないけれど、オレはわからんなあ」

その時しみじみとわかったのだけれど、好きな男のアルバムを手にするというのは、確かに特権だったのだ。それも普通の恋人だけに与えられる特権。私のように不倫をしている女には、その資格がないらしい。

今まで妻子ある人を好きになったことは、私の中で決してひけめではなかった。そんな女はまわりにいくらでもいたし、みじめになることは時々あっても、誇りのようなものが解決してくれた。誇りというのはおかしな言い方かもしれないが、自分はみすみす損なことをしているという気概。もの欲し気に結婚だけを考えている女ではないということ。これは確かに誇りといってもいい感情だった。けれども好きな男のアルバムを見ることも出来ない立場だとわかった時、私の中で衝撃が走った。

私は高梨さんのことを何も知らないということではないか。何百回セックスをしようとも、それは相手の一枚の写真を見ることにはとてもおよばない。

私がこれほど望んでいるアルバムだというのに、見ることは不可能らしい。彼が独身だったら彼のところへ行きアルバムを見ることは簡単だ。けれども妻ある人のアルバムはどうやって手にしたらいいのだろうか。

　今ほど私は、自分が不倫をしているのだということを思い知らされたことはなかった。けれども私は粘る。もしアルバムを見ることが出来なかったら、私はあなたを失ってしまいそうな気がする、とさえ口にしてみた。

「どうしてオレの写真見るのと、美樹子とつき合うのと関係あるんだよ」

　彼は驚いたように、腕を枕から離した。あたり前だ。たいていの人がそう考えるだろう。

「だって好きな人の、昔の写真見たいって、女ならきっと考えるわ」

　私は彼の肩に顔をうずめた。いつもならこういう時、都合よく涙が出てくるのだが、その夜に限ってうまくいかなかった。


　彼のアルバムをどうしても見たい。私はそのことばかり考えるようになっている。そして突拍子もないことをいくつか想像した。黒ずくめの格好をした私は、誰もいない時に彼のうちにしのび込むのだ。アルバムを置いてある場所などだいたい決まっている。本棚のいちばん下か、押入れの中だ。私はすばやくその中から、一冊のアルバムを見つけ出そう。アルバムなどというものはしょっちゅう確かめるものではない。確かあのあたりにあったけれど……と、人の記憶にぼんやりこびりついているものだ。だから私がそれを盗み出しても誰も気づかないに違いない。

そうしたら私は毎日飽かずにそれを見つめよう、高梨さんの若い頃の写真を組み立てて私なりの物語をつくる。それはちょうど子どもの頃のままごとに似ている。現実に知っていることを寄せ集めて、自分に都合のいい、楽しい日常をつくるのだ。

けれどもそんなことが出来るはずはない。高梨さんのアルバムを見るというのは、永遠にかなわない夢のようにも思える時があった。

「ねえ、こういうふうにしたらどうかしら」

私は彼に持ちかけたことがある。

「ねえ、奥さんのいない留守に、ちょっと行っちゃダメかしら。ううん、私、絶対にわからないようにする自信がある。こっそりとあなたのアルバムを見て、そしてすぐに帰ってくるわ、本当だから」

この頃になると、高梨さんは本当にうんざりしたようだった。

「君がもしうちに来ている最中、女房が帰ってきたら、オレはなんて言いわけすればいいんだろう」

「セールスマンだって言えばいいじゃないの」

私は即座に答えた。

「気に入った写真をお皿に焼きつけますっていうのがあるわ。その写真を選ぶためにアルバムを見ていたっていっても、少しもおかしくないんじゃないかしら」

この時、高梨さんは本当に困惑したように笑ったのだった。ああ、この人の写真を見たいと私は心から思う。彼が大学生の頃、いったいどんな顔をしていたんだろう。馬術部に入っていたというから、きっと馬に乗っている写真もあるに違いない。

私はそう信じたいのだが、彼はきっときりっとした美青年だったろう。その彼が馬に乗っている写真は、どれほど私を嬉しく哀しい気持ちにさせてくれるか、予想は出来る。ああ、どうしても私はあなたのアルバムが見たいの、と私は口に出して言ってみた。

「だって私は、あなたの昔のことを知りたいのよ」

ここまで言って、私には非常に狡猾な考えが浮かんだ。自分の全く個人的趣味を、愛情とすり替えるやり方だ。

「今のあなたは奥さんのものだわ。だけど昔のあなたをたどったり、想像したりする権利は私にもちょっぴりあるんじゃないかしら。あなたのことをただ知りたいのよ。そうじゃなくちゃ、私ってあまりにも可哀想だと思わない」

私は少し涙をうかべたかもしれない。この時はなぜかとてもスムーズに出た。

そしてこの様子に、高梨さんは、少し心を動かしたらしい。アルバムを持ってきたのはそれから四日後だった。

紺色のビニールの平凡なものだ。田舎の文房具屋に行けば、今でも売っているようなかたちと色だ。その野暮ったさが、私に興奮と期待をもたらす。

全くアルバムを開く前ほど、胸がわくわくすることがあるだろうか。百本の新しいビデオと、百冊の新刊書を前にしたら、こんな気持ちになるかもしれないが、試したことがないのでわからない。私は舌なめずりしたいような気持ちになり、何度も紺色の表紙をなでる。すぐには開く気分にはなれなかったから、高梨さんを少しいたぶることにする。こうした意地悪さというのは、不倫をしている女に許される権利だ。

「これ、どうやって持ち出してきたの」

「別に、ちょっと会社で使うことが出来たって言って、探してもらったんだ」

「へんに思われなかった。どうして昔の写真を会社で使うんだろうって」

「社内誌に載せるかもしれないって言った。それにあいつは、君みたいにいろんなことを質問したりしない」

これは彼の皮肉というもので、こういう言い方は、不倫している男に絶対許されることではなかった。

しかし私はアルバムを手にした嬉しさのあまり彼を咎《とが》めることをやめた。さっそくページを開く。

ひどく汚らしい色の湖があった。ぞっとするほどの気味の悪さだ。いったい日本のどこを探せばこんなところがあるのだろうかと目を凝らした私は、すぐに思いあたった。これは山中湖ではないか、富士山のかたちと、ボート乗り場の地形に思い出がある。ふた昔前のカラー写真は、次第に色が褪せてこんな色になってしまうらしい。

そしてその前に二人の青年が立っているのだが、彼らも大層汚らしく、おかしな格好をしている。長髪に、デニムの上下を着ているのだが、大きな衿が上着のそれに重なっていた。私は以前、何かの雑誌で読んだことがあるヒッピーという言葉を思い出した。

「これがオレだよ」

高梨さんは右側の青年を指した。顎のあたりは全く変わっていないが、頬が今よりもはるかにふっくらしている。私もそうではないかと思っていたのだが、確認するのが怖かった。

デニムの上下を着ている青年は、我慢できないほどの趣味の悪さだ。

「仕方ないよ。時代がそうだったんだから。六〇年代から七〇年代にかけてって、いま見ると吹き出してしまうようなファッションだよな」

なぜか高梨さんは急に機嫌がよくなり、自分で次のページをめくった。そこには、やくざの男たちが何人かで笑っている。三ツ揃いのスーツにサングラス、太いネクタイに、これまたぞっとするような長髪だった。

「やくざだって、ひどいなあ。これは会社に入ったばかりの頃だよ。この頃はみんな、こんなスーツだったぜ」

高梨さんはおかしそうに笑う。けれど、このスーツで私はすっかり打ちのめされていた。なんだかとても不気味な仮装行列を見ているような気分だ。

彼はとても趣味のいい男として知られている。ネクタイの選び方もさりげなくて、しかも色合いがとてもいい。そんな高梨さんが、こんな下品な服に身を固めていたとは思わなかった。不潔っぽい長髪は私に軽い恐怖さえもたらす。

「仕方ないよ。これはこの頃の流行だったんだからさ。結構先端をいってたんだぜ」

高梨さんはまたおかしそうに笑った。

「この頃って何年前よ……」

「そりゃ十八年前だよ。オレが大学を卒業した頃って、本当にこれがおしゃれだったんだぜ」

十八年前っていったら、私は八歳だったわ。

そんなことはとうにわかりきっていたことなのに、その言葉が口をついて出た。

「あなたって、本当に年寄りだったのね」

「ああ、そうだよ。すっかりおじさんだ」

高梨さんは私の絶望に全く気づいていない。ひどく明るい声を出した。そしてまた自分でページをめくる。

「ほら、君のお待ちかねの馬が出てきたぜ。といっても予算のない部だったからさ、一頭を皆で使いまわしだ。なかなか乗るチャンスなんかなかったなあ……」

もう遠い世界にいる高梨さんだった。うまく言えないけれど、私は男の人というのは、子どもからすぐに大人になるものだと思っていた。サッカーをしたり、ピアノを弾いたりする男の子から、すぐにスーツ姿の男に変わる。それが私にいたましさと、微笑ましい愛情をもたらしていたのだ。少なくとも、私の世代の男の子は皆そうだった。

高梨さんのように、薄汚い時間を、誰も持ってはいなかった。

「仕方ないよ。二十年前はみんなこうだったんだ」

高梨さんはまたこの言葉を繰り返す。

二十年前ですって。私はまだ小学校に入ったばかりよ、と言いかけて、私の中にゆっくり甦ってくる写真があった。七歳の時だ。退院したばかりの母を囲んで、皆で写真館で写真を撮った。

そう、あれはきっと私の錯覚だったに違いない。皆で並ぶ時に、父の手が軽く祖母の腰に触れるのを見てしまったのは。母をいたわるようなふりをして、父の手は母のからだを屏風替わりにして、祖母の方に伸びていった。いや、あれはきっと現実ではなかったのだ。

目を覚ますと、隣で寝ているはずの祖母がいないことがあったけれど、あれも私の勘違いだったろう。

それなのに、この絶望と重苦しい感情は何だろう。どうすることも出来ず、私はただ高梨さんを睨みつける。

「あなたって年寄りだったのね、年寄りのくせにどうして、どうして……」

高梨さんが若くないと知った今、彼をもう許すわけにはいかなかった。

いらつく理由

康彦と別れたとたん、亜美は気づいた。

男はなんて大切な必需品だったのだろう。

まず週末の食事が困る。康彦はこまめな男で、いろんな店の情報を仕入れては、亜美を連れていってくれたものだ。毎週のことだから、そう豪華というわけではなかったが、月島の天ぷら屋、世田谷のはずれのイタリアン・レストランなど、さまざまなバラエティにとんでいておいしかった。

そのまま彼のマンションに泊まることも多かったから、金曜日が近づくと、亜美は爪の手入れもし、手足のむだ毛も剃った。それなのに康彦がいなくなったら、このリズムは全く壊れてしまったではないか。

タクシーがつかまらない時は、電話一本で駆けつけてくれた。折々にくれる小さなプレゼント、そして定期的な快楽……。男との恋が壊れた哀しみよりも、たくさんのものが失《な》くなってしまったという困惑と理不尽さの方がまず先に立つ。
所在がないというのは、こういうことを言うのだとしみじみとわかった。金曜日は夜が長くて困る。レンタルビデオを見たり、ＣＤをかけたりするのだが、ひどく時間を損しているような気がした。

女友だちに電話をしようにも、留守番電話のテープが流れるばかりだ。気のきいた女なら、こんな夜にうちにいるはずはないと、さらにみじめな気にもなる。

こんな状態がもう三カ月も続いていた。もちろん、ずっと子どもの頃、恋人のいない時期というのも経験しているのだが、ここのところはちょっと珍しい。康彦とは三年も続いたし、彼は前の恋人から亜美を奪い取るという劇的なことをしてくれたので、それは途切れなく続いていたのだ。

早くしなければと亜美は考える。恋人がいなければ仲間うちのパーティーに顔を出すことも出来ないし、週末を楽しくすごすこともむずかしい。それより何より、心の安定というものがないではないか。

恋人がいる時の、あの生活の規律というものが今ではかけがえのないもののように、亜美には思われるのだ。電話をかけあって、お互いのスケジュールを確かめる。その日が近づくと、からだを少しずつシェイプさせ、風呂上がりには肌に甘いかおりのローションをすり込む。

下着を選び、磨きあげたハイヒールを履いて出かける時間が亜美はとても好きだった。心なしか最近の亜美は、髪の艶が少しなくなり、肌もくすんでいるような気がする。

真先に寄ってきたのは、由紀夫だった。

「ねえ亜美ちゃん、彼と別れたの本当」

顔をのぞき込む。彼は眉が薄いうえに、その角度を徐々に下げる。だからいつも哀し気に見えるのだ。こんな眉毛の男が歯科医だなんて、なんて皮肉なんだろうと亜美は思う。マスクの上でこの眉が動くさまを見たら、患者はみんな吹き出してしまうに違いない。

会社の近くのバーの常連で、時々テニスをしたりする仲間の一人だ。皆で旅行に行っても、亜美への好意をあからさまにするので、時々うっとうしいこともあったが、暇な時の相手にはちょうどいい。

今までだったら決して会うことのなかった金曜日の夜を、最近由紀夫にあたえている。だから彼は勘づいてしまったのだろう。

「どうだっていいじゃない、そんなこと」

亜美はそっけなく言った。別に意識しているわけではないが、由紀夫と話す時は、なぜかいつも意地の悪い口調になった。

「私が彼と別れようと何だろうと、あなたには関係ないでしょう」

「あるさ、そりゃあ、あったり前じゃないか」

眉をますます曇らせながら、由紀夫は大胆な言葉を口にする。

「だって僕は前から、亜美ちゃんのことを好きだったんだもの。チャンス、って思うのは当然じゃないか」

「ふうん」

亜美はごくりと水割りを飲む。いつも不思議に思うのだが、この男は顔つきと言葉とがどうしてこれほどちぐはぐなのだろう。今にも泣き出しそうな表情をしながら、思いきったことを口にする。まるで腹話術師の人形のようだ。

「僕は亜美ちゃんと結婚してもいいなあと思ってるぐらいなんだぜ。本当だよ」

「嫌よ、私はまだ結婚なんかしたくないもの」

これは本当だ。亜美は今度の誕生日で二十七歳になる。世間的に見れば、そろそろ焦る年齢かもしれないが、亜美のまわりでは違う。

存分に独身生活を楽しみながら男を選び、三十を過ぎてからゆっくり考えようという意見がいちばん多い。年齢にせきたてられるようにして結婚するのは、自分の魅力や能力に自信がない証拠だと、親友の君子などよく言う。

そうよ、独身が長ければ、それだけ恋愛も多く出来るんだからと、その場に居合わせた誰かも同調した。そんな小理屈よりも、都会に住むちょっと気のきいた女なら、今のままで十分に快適だ。いきいきと暮らしていける。

が、それも決まった恋人がいればの話で、結局いきつくところはそこなのだ。

亜美はもう一度目の前の男を見た。

この眉さえどうにかなれば、そう悪い顔立ちではないかもしれない。最近歯科医でも、苦しいところが多いというが、由紀夫のところは父親の代からで、自由が丘に大きなクリニックを持っている。

世慣れない女なら、一も二もなくとびつくかもしれなかったが、すぐにどうにかする相手ではないと、亜美はジャッジを下す。けれども自分を慕ってくる男を、邪慳《じやけん》にするような馬鹿な真似もしない。

「考えとくわ」

ジョークに応えるようにも、ぼんやりした約束に聞こえるようにも亜美は言った。そして最後にちょっぴり希望を与える。

「由紀夫ちゃんと結婚するのも悪くないかもしれないわね」

「だろう」

亜美が目の前の男を愛せないのはこんなところなのだ。自分がこう言ったからには、由紀夫は狂喜乱舞してくれなくては困る。嬉しい、本当にそう思ってくれるのとはしゃいだりすれば、彼は「可愛い」と名を変えた好意を受け取ることが出来たかもしれないのだ。

「〝情にほだされた〟っていうふうにさせるのが、あいつのただ一つの武器なのにね」

夜の電話で、亜美は君子を笑わせる。彼女は由紀夫のことなど、はなから見くびっているのだ。

「マザコンの男は、世間にいくらでもいるから気にすることはないわ。だけど、ファザコンの男はどうにもならない。由紀夫って、あのテの典型的な顔をしているじゃないの」

女たちの評定において、彼はいつも評判が悪い。そんな男を恋人にすることは、女の名誉にかかわることだ。

だから亜美は自分の心の揺らぎを決して話すことなく、由紀夫のことを君子と一緒に笑いとばすことにした。

亜美は週に一度、ゴルフのレッスンを受けている。今までに四回ほどグリーンに出たことがあるが、その結果は惨憺《さんたん》たるものだった。その時傍にいた康彦は、女の子はあんなものでいいさと慰めてくれたのであるが、亜美は我慢できない。もともと負けず嫌いのところがあるのだ。康彦と別れた後も、彼が紹介してくれたこのゴルフ練習場に通っている。遠出でもしない限り、土曜日はレッスンを受ける。おかげで五回に一度は、ネットまで飛ばせるようになった。

「いやあ、女性にしちゃ、思いきりのいいフォームですよね」

声をかける男がいる。三十を少し過ぎたぐらいだろうか。そう背は高くないが、顔が小さくバランスのとれた体つきをしている。学生のような紺のセーターがよく似合っていた。彼も亜美と同じ、前川プロのレッスンを受けているらしい。しかもいつも予約時間が前後する。亜美が練習場に行くと、よく彼がコーチを受けている。その反対に、彼が亜美の練習を終えるのを待っていることも多い。

普通、知らない男にボールを打つさまを見られるのは嫌なものだが、彼の場合は特別だった。こんな時に男がよくするように「ナイスショット」などと声をかけたりはしない。ただ楽しそうにベンチに座って、自分の番が来るのを待っている。今日のように話しかけてきたのは初めてだった。

その日コーヒーを飲み終えて帰ろうとすると、ちょうど男がカウンターのところで支払いをしているところだった。亜美を見かけると、やあっと声をかける。

「今お帰りですか。よかったらお送りしましょうか」

まあ助かりますと亜美は言った。ぐずぐずとコーヒーを飲んでいる最中、こうなることは予想していたのだ。

男の車はありふれた白い国産車だった。

「レディを乗せることなんかめったにないから、汚れているかもしれませんよ」

助手席の紙袋をあわててとりのける様子は、その言葉を裏づけるようなものだ。女がよく乗っている車というのはひと目でわかる。まずシートの位置が浅いし、なにかしら気のきいた小物が置いてあるものだ。綺麗なボックスに入ったティッシュペーパーや、外国土産のカーアクセサリーといったようなものである。

しかし男の車は野暮ったく、そして清潔だった。甘ったるい芳香剤がないのも亜美は気に入った。

「僕の運転は慎重ですから、ちゃんとおうちまでお送りしますよ」

そして男はこうつけ加える。

「だけどせっかくご一緒したんですから、お茶でもいかがですか」

ほらきたと亜美は思う。ありふれた誘い方だが、まあこんなところだろう。自分が予想したとおりに男が行動したことへの満足感に、亜美はにっこりと承諾した。

「いいですよ。でもこのあたり『デニーズ』ぐらいしかありませんよ」

昼下がりのファミリーレストランで、二人は大ぶりのカップ二杯のコーヒーを飲んだ。男は小泉と名乗り、電気系の技術者をしていると告げた。つい最近、中東の赴任先から帰ってきたばかりだという。

「僕があっちで苦労している間に、みんなゴルフがすっかりうまくなってましてね。このままじゃつき合いにも困る。そんなわけで一念発起して、ゴルフのレッスンを受けているわけなんです」

そういえば男の肌は、喉ぼとけの下のあたりまで黒い。ゴルフ焼けとは違う、確かな太陽とのつき合いのなごりがあった。首すじや耳を、いつのまにか目で追っている自分に、亜美は気づく。

「なかなか悪くないわ」

あとしなければいけないことは、小泉に妻がいるかどうかを確かめることだ。仲間の中には妻子持ちの方に触手を伸ばす女がいるが、亜美にはそういう趣味がない。あらかじめ予想される煩わしいことは、避けて通りたい。

男の陽焼けを見つめると同時に、左手のくすり指も点検したがそこにはなにもなかった。だが結婚指輪をしない男は、世間にはいくらでもいる。

こんな時、亜美はさりげなく質問をすることにしていた。直接的な言いまわしをしなくても、いくらでも方法はある。

「中東っていうのは大変なところなんでしょう。ああいう土地に行く時は、単身赴任なんですってね。家族の人たちが嫌がるから」

「いやあ、僕の場合は独身ですから、そういう心配はなかった」

小泉は実にあっさりと言った。

「ま、独身は独身でもバツイチ。妻とは四年前に別れてますけれどもね」

離婚経験者というのは新しい経験だと亜美は思う。適当に屈折していて、女に過大な期待を持っていない。それだから優しくておもしろいわと言ったのは、誰だっただろうか。

亜美は次第にうきうきしてくる。どうやらやっと勘のようなものをとり戻したようなのだ。後はいつもの手順に従っていけばいい。恋が始まる直前の、曖昧とした感情と、そして相手の心を探り合おうとする知恵の応酬。自分と小泉との間には、あきらかに今それがあるではないか。

亜美はもう一度小泉を見つめる。頬がすっきりしているところがいい。切れ長の目が素敵だ。

この男なら大丈夫。誘われたとしても、亜美は断わることが出来ないだろう。きっとたやすく恋におちるはずだ。

「よかったら、来週も待ち合わせて、一緒に帰りましょう」

世の中は捨てたもんじゃない。三カ月も淋しい思いをしたが、男はたやすく、いくらでも手に入るものなのだ。亜美はきっと今、自分は満ち足りた微笑をうかべているだろうと思った。そしてもちろん承諾した。

四回続けてお茶を飲んだ後、小泉は亜美の電話番号を尋ねた。

「いつもお茶ばかりでは申しわけないから、今度は食事でもご馳走させてください」

亜美の経験だと、男が話を持ちかけてくるのは、たいていその夜だ。食事を終えて、どこかで一杯飲む。このあたりから既に男は思わせぶりな言動を始める。気の早い男なら、ストゥールに座った亜美の腰のあたりに、そっと手を伸ばしたりする。その後、車を拾うために、二人は少し歩かなければならないはずだ。

ここでたいていの男は、キスをする。そしてこの後の口説きの文句を聞くのが亜美は好きだ。

小泉はどんなことをささやくのだろうか。技術屋らしい朴訥《ぼくとつ》さを持っているかと思うと、辛辣なしゃれたことも口にする小泉の、その方面のセンスは、まだ亜美の知るところではない。けれどもうじきわかるはずだ。

金曜日の夜、亜美は鏡の前で、最後のチェックをした。軽くスカートをめくってみる。グレイの絹のスリップは、康彦の前の恋人が誕生祝いにくれたものだ。それが後に康彦を何度も喜ばせる小道具になった。

うまくいけば、小泉はこれに手をかけることがあるかもしれない。いや、もしなかったとしても、こういう準備は大切だった。

七時きっかりにチャイムがなった。いかにも小泉らしいと、亜美は笑いながらインターフォンに向かって叫ぶ。

「はい、いま降りていきますから、ちょっと待っていてちょうだい」

スカートを翻す時、グレイのスリップがちらっと見えたことに亜美はすっかり満足した。

アパートの玄関の前に、小泉は立っていた。ゴルフスクールのセーター姿ではなく、ざっくりした色のジャケットを着ている。中のシャツの色と、あまり調和していないが、このくらいはご愛敬というものだろう。この時、亜美は彼の後ろに、もう見慣れたものとなった国産車を見た。

「あらっ、どうしたの。車なんかに乗ってきて。酔っぱらい運転になっちゃうわよ」

「いや、僕は飲まないから」

小泉は外国式にすばやく、ドアを開けてくれた。

「飲まないって。車を運転する時はいつも飲まないの」

「いや、僕は体質的に一滴も駄目なんだ」

そんな男を亜美は初めて見た。酒に弱い男というのは知っているが、それでもビールの一、二杯は口にしたものだ。

小泉が連れていってくれたのは、しゃぶしゃぶの専門店で、メニューには各地の銘酒がいくつも書き込まれていた。しかし彼はウェイトレスに、ウーロン茶をくれと告げる。

「じゃ、私も……」

仕方なく亜美もそれに従った。男が飲まないのに、女だけ酒を口にするのははばかれる。

「君は飲んだっていいんだよ。僕には構わないで」

やや不機嫌になりかけた亜美だが、このひと言で、愛らしく笑うことが出来た。

「いいの。私もそんなにいただく方じゃないから」

これは嘘だ。いつもなら食前酒から始まって、水割りの五、六杯は飲む。

「そう。この頃の若い女の子って、やたら飲むって聞いてたけど、そうでもないんだね」

小泉はせかせかと煙草に火をつける。前から煙草好きだと思っていたが、酒をやらないためだと亜美は納得する。

いつもながら、小泉の話は大層おもしろい。彼がかかわったいくつかの海外プロジェクトについて、わかりやすく説明してくれる。

亜美はそれよりも彼の手に見惚れていた。

綺麗に陽に焼けた指は長くて、節のところがたくましい。それでいて武骨というのでもなかった。中指は時々優美な動きをする。

この手がもうじき自分の肩を抱くかと思うと、亜美はめまいのような幸福感につつまれる。肩だけではない。抱いてほしいところは他にもいくらでもあった。そして小泉の手ほど「わし摑み」という行為にふさわしいものがあるだろうかと思ったとたん、からだの奥で果汁がとんだ。

もう四カ月、そういうことから遠ざかっている。自分が思いのほかストイックな人間であるという思いは、亜美に得意にも似た感情をもたらしてくれたが、それでも好きな男に抱かれる現実にかなうはずはなかった。

「それじゃ、そろそろ行こうか」

促されて亜美は立ち上がった。舞台まで歩いていく時の、女優のような気分だ。

レストランのドアから駐車場まで行くのには、植え込みの間を通らなければならない。けれど小泉は立ち止まることなく、亜美の一歩前を行く。肩すかしをくったような思いになる。

だがすぐに亜美は気をとり直した。車の中でということは十分に考えられるではないか。今夜の流れからみて、多分キス止まりで、それは車の中で行なわれるに違いなかった。

小泉は乗り込むやいなやＦＭをつけた。知らないジャズの曲が唐突《とうとつ》に流れてくる。

「音楽は何が好き」

「何でも聞くけど、最近はクラシックもおもしろいなあって思うようになった」

「そうだね、あれは結構いいね。今度はコンサートにでも行こうよ」

車は亜美のアパートの前で止まった。

「おやすみなさい」

車の静かな闇の中で、亜美は顔を小泉の方に向ける。

「今夜はとっても楽しかったわ……」

だが男の声はあまりにも明るすぎた。

「僕もだよ。またうまいものを食べに行こうね」

そう言ったかと思うと、小泉はドアに手をかけている。車のドアからドアへ半円を描くようにして歩き、亜美の側のドアを開けた。

「じゃ、気をつけて。明日また、練習場で会おう」

遠ざかっていく車に向かって、亜美は「ふん」とつぶやいた。

しばらくたって亜美はわかった。酒を飲まない男とつき合うのがいかにむずかしいかだ。小泉はいつも車で迎えにきて、きちんと送り届けてくれる。暗いハイウェイを走っている最中も、決してそのほのめかしはない。

だいたい、酒も飲まない男と女に、どうして恋が芽ばえたりするだろう。最近の亜美はそんなことさえ思う。アルコールが入った時に起こる、あの甘い投げやりな気分。あれこそがさまざまなものを起こす根源になっているのではないか。

今まで気にもとめていなかった男の顔が、急に輝いてきたりする。酔った頭で、男の口説き文句を反芻しているうちに、それが唯一の、いま最も信用出来る正義のようにも思えてしまう。

亜美は今、由紀夫と向かい合っている。映画に誘われ、ロードショーを見た後、ホテルのレストランで食事をし、そしてこうしてバーで飲んでいるのだ。

由紀夫はうまいものにも目がないが、酒もいける。バランタインのロックを口にする由紀夫の姿は、いささか新鮮なものを見るようだった。

「やっぱり男はお酒を飲まなきゃ駄目よねえ」

思わずそんな言葉を口走っていた。

「それ、誰のことだよ。気になるなあ」

「あのね、ちょっといいなあって思ってる男がいるのよ」

相手は由紀夫だ。構うことはない。他の男のことも喋《しゃべ》ってしまおう。

「なかなか素敵な男なんだけど、お酒がまるっきり駄目なの。だから、私たちの仲って、いつまでたっても進展しないのよ」

気がつくとこれは、目の前の男に対する挑発となっていた。由紀夫の眉は、珍しくきりりと上がっている。

「それはお酒が飲めないからじゃないよ。単にその男がだらしないだけじゃないか。僕だったら、そんなことはしないな。亜美ちゃんにどんどんぶつかっていくよ」

いつ聞いても、男のこんな言葉は本当に気分がよい。たとえ魅かれない男の口からもれたとしても、女の心をうきたたせてくれる。

亜美は自分がかなり酔っていることに気づいた。いつもと違い、飲める男が相手だったので、性急にグラスを何杯か空にしたのだ。

バーを出た後、二人は地下のアーケードを歩く。ここは亜美の気に入りの場所だ。夜中のホテルのアーケードは、華やかな迷路のようで、曲がっても曲がっても、角のブティックがいくつも現れる。人気がないというのに、どの店もウィンドウにあかりを灯《つ》けている。その一軒を指さして亜美は言った。

「あたし、こんなハンドバッグが欲しいわ」

「買ってあげるよ、いくらでも」

いつのまにか由紀夫は、亜美の腰に手をまわしている。

「亜美ちゃんて、可愛くていい女だもんなあ。ハンドバッグだって洋服だって何だって買ってあげるよ。だけどさ、亜美ちゃんは僕の恋人じゃないもんなあ、それだとさ、僕がさ、すごおく損すると思わない」

「そうかもね……」

由紀夫の指の暖かさは、上着をとおして肌に伝わってきて、亜美はうっとりと目を閉じる。こんな暖かさを、自分はずっと求めていたような気がした。

「僕はさ、前から亜美ちゃんのこと、ずっと好きだったのにさ、亜美ちゃんはハナもひっかけてくれなかったじゃないか。僕随分つらかったぜ」

角を曲がるたびに、由紀夫は掌を、ますます亜美の背に強く押しあててくる。本当に酔ったようだ。さっきから何度も同じ店の前を通る。

「だからさ、亜美ちゃん、もうちょっと僕の気持ちをわかってくれよお」

本当にそのとおりだと亜美は思った。

小泉がいったい何をしてくれたというのだ。亜美を求めるこんな切実な言葉を、ひと言でも言ってくれたことがあるだろうか。

彼には隙というものがまるでないのだ。男と女の〝はずみ〟というものがない。決まった時間に迎えに来てくれて、そして食事をご馳走してくれる。ただそれだけのことだ。

「ね、亜美ちゃん、だからさ、ね……」

自分を強く求める男に、こうしてからだをあずけているのは、なんと気持ちがいいのだろう。

「この男に決めるか」

亜美は思った。これだけ愛してくれれば、いつかきっと愛せそうな気がする。男は行動力があるのが何よりだ。多分もうじき、由紀夫は上の部屋をリザーブしてくるに違いない。

そう、男と女などいったん寝てしまえばどうにでもなるものではないか。愛だ、恋だなどというのはすべてはそこからだ。

小泉だってそうしてくれればよかったのだ。けれど酒を飲まない男に、いったい何が出来るというのだ。そこへいくと、この男は酒を飲み、こうして女を口説くという基本的なことが出来る。

由紀夫の手は、腰から肩へと移り、亜美はしっかりと抱きかかえられているような格好になった。キスを許してもいいかと、亜美はゆっくりと振り向く。と由紀夫の顔は、すぐ目の前にあった。

蛍光灯の下、彼の顔は白っぽく見える。この薄いおかしな眉といったらどうだろう。なんて貧相な眉なんだろうか。こんな眉を持つ男と、自分は寝ることが出来るのだろうか。

こんな男と寝たくはないわ。

酔った頭でも、その結論はきちんと出た。

「手を離してよ」

亜美は冷たく言った。

「私、もう帰るわ。今夜はどうもありがとう」

由紀夫はきょとんとした表情をしている。眉はますます哀し気に下がってきた。

それを見たくなくてエレベーターにひとりでさっさと乗り込む。〝ロビー〟と記されたボタンを、こぶしで叩くように押した。

求めてくる者は受け入れることが出来ない。求める男は手に入れることが出来ない。こんな不幸があるだろうかと亜美は思う。

世間の女がたやすく手に入れているものではないか。自分だけがどうして、これほどひどい目にあわなくてはならないのだろうか。

「大っ嫌いよ」

不意にこんな言葉が口をついて出た。小泉が嫌いなのか、由紀夫のことなのか、すぐにはわからない。もしかすると、自分に対する嘲《あざけ》りなのだろうか。

「大っ嫌いよ」

もう一度言ったら、みじめさで胸が痺《しび》れた。

靴を買う

小さな黒いハンドバッグだった。キルティングがほどこされているため、四角いかたちが、やさしい丸味を帯びて見える。

ロッカーから美里が、このバッグを取り出すやいなや、小さな歓声があがった。

「シャネルじゃない！　わあ、ウソみたい」

防寒用の長袖のスリップのままで、佐智が手を伸ばす。

「わっ、本物。ちゃんとシャネルのマークがあるう」

「あたり前じゃない。ホテルのアーケードで買ったんだもん」

美里は胸をそらせた。手早く制服からグレイのスーツに着替えた彼女の衿元には、エルメスのスカーフも巻かれている。正月休暇に香港に出かけた美里は、シャネルのバッグと、このスカーフの二つを手に入れたらしい。会社の中で、ルイ・ヴィトンのバッグを持つ者は何人かいるが、シャネルとなると珍しい。

「ねぇ、ねぇ、ちょっと肩にかけてもいい」

「もちろん」

美里は鷹揚なところを見せた。

「いいわねぇ、素敵ね」

他の娘たちも、バッグのまわりに集まる。

「ねぇ、ねぇ、そういえば、総務の高橋さんが持ってたのも、黒い色だったよね。そう、こんなかたち」

その中の一人が発した言葉を、美里は聞き逃さなかった。

「イヤね。あれはずっと前に買ったのでしょ。これは新作なんだから。お店にも一点しかなかったのよ」

たちまち不機嫌になる。そして、もういいでしょと、バッグを佐智の肩からはずした。

「じゃ、お先しますう」

それでも軽い足取りでロッカールームを出ていく美里を、佐智が軽くからかった。

「当然おデイトってわけね」

「あたり」

「あんたね、シャネル買って、男もいて、自分だけいい思いしてると、罰があたるんじゃないのオ」

着替えていた娘たちも、美里も、いっせいに笑った。肩を揺らすと、彼女のバッグの紐の金具はさらに光る。それはなんとも言えずしゃれていた。

「いいわよね、あの人は」

長袖のスリップの上にセーターを着ながら、佐智が江梨子に言った。ちょうど顔がセーターをくぐるところだったので、一瞬声が老婆のように濁る。

「うちから通ってるから、お給料はみんなお小遣いにしちゃう。私たちにはちょっと真似できないわ」

「そりゃそうよ」

江梨子は乱暴に口紅をひいた。

「私なんかこの東京で生きていくのが精いっぱい」

短大を出た後、どうしても田舎に帰りたくなくて親に駄々をこねた。二十五歳までという期日がもう半年に迫っている。アパートの家賃六万円をひいて、あと幾ら残るかを考えると本当に空しくなるが、それでも帰りたくはないと思う。その時はその時で理由をつけ、もう少し東京にいるつもりだ。

口紅の後、江梨子は薄くアイシャドウを重ねる。はっきりとした大きな目で、睫毛《まつげ》が長いのが自分でも自慢だ。朝、丁寧にマスカラをつけてくるから、夕方の今でもそれはぴんとそり返っている。

「ねぇ、エリは今夜あいてる？」

コートを着終わった佐智が話しかけてきた。

「よかったらつき合わない。あのね、西麻布で知ってる人がお店開くの。オープニング・パーティー、よかったら来ないかと誘われちゃった」

佐智のセーターの衿元にかすかにファンデーションがついている。いつも無造作にセーターをかぶるからだ。冗談じゃないと江梨子は思う。佐智なんかと一緒にそういうところへ行くと恥をかくだけだ。仲のいい従兄が、広告代理店に勤めているとかで、彼女はよくディスコやパブの招待状を持ってくる。前に一緒に出かけ、江梨子は大層嫌な気分になったものだ。

ぴっちりしたドレスを着、髪が長い美しい女たちが、もの慣れて笑いさざめく中、江梨子と佐智は完全に孤立していた。いかにも普通のＯＬといった格好の二人は、店の隅で寄り添うように立ち、運ばれたシャンペンをちびちびと飲んだものだ。

着ているもののレベルがまるで違っていた。江梨子たちの会社では大騒ぎになるシャネルが、そこではたいていの女の肩にかかっていた。雑誌でよく見かける、イタリアやフランスのブランド物も多い。

もう二度とあんなみじめな思いをするものかと、江梨子はつんと顔を上げて言った。

「悪いけど、今日私、着付けのお稽古日だから」

「あら、まだ続けてるの」

「そうよ。あと二カ月で免状をもらえるってとこかしら」

「へぇー、頑張ってるじゃない」

そういう佐智も英会話教室に通っているはずだ。二十代も半ばになってくると、ほとんどの女が何かを始める。野心というほどではないが、さまざまな思惑が胸の中に積ってくる頃だ。

けれども、その日の稽古を江梨子は休んでしまった。着付け教室に行くためには池袋へ向かわなければならないのだが、途中の銀座で降りた。ここには浩の勤めるマーケティング・リサーチ会社がある。呼び出して食事でもおごらせようと思ったのだが、外出中だった。

気分がささくれ立っている時に、買い物をしたくなるのは江梨子の癖で、さっそく閉店近いデパートに入った。そうはいってもたいしたものを買うわけではない。もう少し我慢すればバーゲンも始まる。こんな時、江梨子が手にするのはバラの香りがする入浴剤や、可愛いアクセサリーといったようなものだ。

ビロードのリボンに小さな椿をあしらったヘア・クリップを見つけた。江梨子の職場では、いま髪につけるものを競うのが流行《はや》っている。制服が野暮ったいために、せめて髪をまとめるもので勝負しようと、まるで女学生のように、皆がいろいろなものを見つけてくる。

その髪飾りを手に取り、ショウ・ケースの上の鏡の前に立った。赤い唇の口角を少々下げた女がそこには映し出された。

まさか美里のシャネルで不機嫌になったとは思いたくない。けれども、このいらだちはどうしたらいいのだろうか。

美里は決して美しい娘ではない。顔立ち、プロポーション、どれをとっても自分の方がずっと上だ。それなのにちょっと余裕があるというだけで、あちらは香港に買い物ツアーに出かけたりする。二年前に江梨子は、短大時代の同級生たちとハワイへ行ったことがあるが、いいレストランに通ったりしたため、たいした免税品は買ってこられなかった。あの時のことを考えると、歯ぎしりしたいような思いになる。

その頃はまだ江梨子もしゃれっ気が少なかった。今だったら食費を切りつめても、買い物にまわしただろう。あの時の仲間ともう一度海外旅行に行こうと計画しているのだが、日々の遊びやおしゃれにもの入りで、なかなか出かけることができない。

それなのに、あれほど平凡な顔をした美里が、香港に出かけ、得意気にバッグを見せびらかしている。ああいったものは、自分の方が持つのにふさわしいのだ。

江梨子は髪飾りの値札をもう一度見た。二千八百円という価格にこれほど迷っている自分が急に腹立たしくなる。気に入ったデザインだが、棚に戻して歩き出した。

エレベーターの前に、有名なパリのブティックの出店がある。いちばんにぎやかな場所にあるのに、大理石を使った入り口のあたりは、人を寄せつけない静けさが漂っていた。いつもはウインドウを眺めるだけの江梨子なのだが、ふと中に入ってみる気になった。

こんなことは慣れているというふうに、足早に絨緞《じゅうたん》を踏んだ。閉店が近いせいか、店には客が誰もいない。黒い服を着た女が一人、立ったまま何やら帳簿をつけている。顔を上げて江梨子を見、また視線を下に落とした。はなから冷やかしの客と決めてかかっているようだ。

それを不愉快に思いつつ少し安堵も感じながら、江梨子はあたりを見わたす。ガラス・ケースの中には、ちょうど宝石のように、ハンドバッグやスカーフが飾られている。それをひとつひとつ目で追っているうちに、江梨子は急に哀しくなる。

どれほど高価なものだといっても、それは皮革で出来ているのだ。どれも触れれば冷たいはずだ。それなのに暖かい血が流れる生きている人間の自分が、おじけづいてそれらを遠くから眺めている。近づくことができない。いや、できないのではない。勇気がもう少しあればいいのだ。

「バッグを見せてください」

不意に出た声に、自分でも驚いた。

「右から三番目の、黒いバッグ」

かしこまりましたと、女は無表情に答えた。そして驚いたことに白い布の手袋をはめ、棚の中に手を伸ばす。白い手袋でしずしずと運ばれると、黒いハンドバッグはまるで小さな仏像のようだ。

江梨子はこれほど美しいバッグを、今まで見たことがないと思った。革自体が、深い艶を持っている。まるで濡れているようだ。それよりも、四角い独特の金具。フランス語でメーカーの文字が描かれている。これこそが、このバッグがどこのバッグかを証明するものなのだ。江梨子は金具だけを見つめる。

ほんのちょっと決心をしさえすれば、この金具がついたバッグを、自分のものにすることが出来るかもしれない。

「買ったらどうしていけないんだろうか。そうよ、出来ないことではない。決して不可能なことではないわ」

突然、頭の中に舞い降りてきたその考えに、江梨子は息苦しくなる。とてつもない奇跡のような出来ごとだと、後ずさりするような気持ちの裏側で、おそろしい早さで計算が始まった。

ボーナスの残りを定期にしている。あれを崩してもいい。いざとなったら、どこかでパートをしてもいい。

そう、どうにかなる。どうにかなるわ、このバッグを手に入れるためならどんなことだってしてみせる。あまりにも強い決意のために、江梨子は泣きたくなるような思いにさえなった。そして言った。声は少し震えていたかもしれない。

「これ、ください」

「ありがとうございます」

女はあいかわらず無機的に頭を軽く下げた。

「カードでいいですね」

「はい、結構でございます」

銀色のVISAカードは、勤め始めた時に初めてつくったものだ。サインと引き替えに、江梨子は紫色の包みを手にした。まるで魔法のようだと思った。紫色のペーパーバッグには、金具と同じ文字で店の名前が描かれている。帰りの電車の中、それを持っていると、何人かの若い女が、あきらかにほうっという視線をおくってきた。

夜の窓に映る自分をさりげなく見た。さっきのように、唇が曲がっていたりはしない。興奮に酔って、いかにも幸福そうな若い女がそこにはいた。

江梨子がそのバッグを会社に持っていった時の騒ぎといったらなかった。シャネルよりもはるかに高価なのだ。生まれて初めて本物を見るわと、佐智たちは口々に言う。

「しかもさ、日本で買ったんでしょう。すごい、香港やハワイじゃないもんね」

おかげで美里のシャネルは、すっかり影が薄くなってしまったものだ。

もちろん、毎日は持っていかない。浩と会う日とか、友人たちと六本木に出かける日だけ、バッグを使うようにした。

このバッグを持つと、昨年のボーナスで買ったキャメルのコートさえ、ひどく質のいいものに見えてくる。どんな店に行っても怖くなくなった。

パブのカウンターにさりげなくこれを置いたりする。すると金持ちの女子大生風の女たちも、必ずといっていいほどすばやくこちらを見る。それはまさしく快感だった。

「エリさ、そのバッグ持ってると、とてもうちみたいなとこの、中小企業のＯＬには見えないよ」

口の悪い佐智でさえため息をついた。

「外資系のエリート・キャリアウーマンか、家事手伝いのいいとこのお嬢さまっていう感じね」

それはまさしく、江梨子の自分自身持っていた感想であった。このバッグを持っていると、まわりの人々の態度さえ違ってくるような気がする。ブティックに入っても、店員たちは親切にしてくれ、レストランでもいい席に通される。それを浩に言うと、

「それはお前の思いすごしだよ」

と笑うのだが、江梨子は確かにそんな気がする。

だから試しに、というのはおかしな言い方だが、江梨子はまたスカーフを買ってしまった。重い絹でできているそれは、模様でパリの一流店のものだということがわかる。買った夜、一時間以上もかけ、鏡の前で結び方をあれこれ工夫した。豪華なスカーフにくるまれた自分の顔は、高貴な雰囲気さえ持ったのではないかと思う。また思いすごしと言われるかもしれないが、確かに自分は美しくなった。

そしてこのスカーフを、またクレジットカードのサインをしただけで、すんなりと江梨子は手に入れたのだ。


それはわかっていた。自分が身分違いの金の使い方をしているのはわかっていた。ぼんやりと計算もしていた。しかし、クレジットカード会社から送られてきた請求書は、やはり江梨子を驚かせるには十分のものであった。

三十二万四千円！

ボーナスの残りの定期は、二カ月前にバッグを買った時に消えてしまった。これはその後の、スカーフやブラウスを買った代金だ。田舎の母親のところへ電話をかけて無心をすれば、しぶしぶながらも送ってくれるだろう。けれどきっとこう言うに違いない。

「親の言うことを聞かないで東京にいるくせに、今度は金が足りないって言うのかい。本当に今度こそ帰っておいで」

夏のボーナスで返すことにして誰かに借りようか。佐智は貯め込んでいるという噂だ。利子をつければ、貸してくれるかもしれない。けれども皆に言いふらすことも考えられる。

「エリって、この頃急に身なりがよくなったと思ったら、全部カードで払ってたのね。それでカード地獄に陥っちゃって、私のところに借りに来たのよ」

そんなことをされたら、もう会社にバッグを持っていったりスカーフをしていけなくなる。いっそのことサラリー・ローンで借りようか。すべてがこわいというわけではない。きちんと返せるあてがあるのだ。中には女性向けの、安心できるローン会社もあるという。

江梨子は女性週刊誌をとり出した。確かこの中に、いくつか広告が入っていたような気がしたのだ。ライラック・ローンという、いかにもやさしげな会社名を選び出し、電話をかけた。

「初めてのご利用ですと、会社の方に直接いらしていただくことになります。保険証と印鑑をご用意ください」

若い女の声で、丁寧なもの言いだった。

それらをひとまとめにし、ハンカチでくるみ、黒いハンドバッグの中に入れた。週に二回ほど会社にもっていくそれを、今日も使う気になった。

営業時間は七時までと言われていたので、会社が退けるやいなや、急いで数寄屋橋に向かった。デパートを左に見て、二つ目の角を曲がる……、メモを見ながら歩いていると、ふとみじめさがこみあげてきた。

いったい自分が、どんなに悪いことをしたのだろうか。若い女が、美しいバッグを欲しがるのはあたり前のことではないか。それに困ったことに、江梨子の中に、これでケリがついたとは思えない感情がある。これを一段落させたら、また次々と品物を手に入れたいと多分思うだろう。せっかく楽しさがわかってきたところなのだ。まだ途中なのだ。

けれどもそれは許されないことなのだろうか。

数寄屋橋の裏道にも、豪華な品物を置いた店は多い。輸入品店の飾り窓の前で、江梨子は立ち止まった。

こういうものを、ためらいなく買える女はたくさんいるのだろう。そうでなかったら、こんなに店が多いはずはない。私にどうしてそれが許されないんだろう。

激しい欲望が江梨子を揺り動かす。こんなにもせつなく、品物を欲しいと思ったことはないような気がした。

その時だ。ピンク色の春向けのバッグの上に、影が重なった。ソフト帽をかぶった中年の男が、真横に立っている。ウインドウを眺めるふりをしているが、江梨子を見つめているのはすぐにわかった。男の視線というのは、若い女ほど痛いように感じる。

「こんばんは」

男は言った。

「こんばんは」

江梨子も言った。

「ハンドバッグ、見てるの」

「ええ」

「あなたのように綺麗なお嬢さんに買ってあげたいなあ」

男の口調はまるで詩を口ずさんでいるようだ。不思議な抑揚をつける。

「いいですよ、そんなア」

まるで夢の中にいるようで、嫌悪感も起こらない。

「ハンドバッグが駄目なら、食事でもご馳走させてくれないかな」

眼鏡の奥の目は、普通の男の目だ。ガラスを指さすようにする手の甲に、老人斑《はん》がうかんでいた。

ふとあの時の決意が、江梨子の中でよみがえる。

「このバッグを手に入れるためなら、どんなことだってするわ」

殉教者というのは、こんな気持ちになるのだろうか。やるせない、甘やかな思いで胸がふさがれる。

「ええ、いいですよ」

江梨子はできるだけ綺麗に見えるように、にっこりと笑った。

「お食事いいですね」

ホテルから出る時、男は江梨子に三万円くれた。また会いたいと、しつこく電話番号を聞かれたがそれだけは断わった。

夜の舗道を歩きながら別に後悔はしていない自分に気づいた。ただ、こんなやり方もあるのだなと思った。

この金で靴を買おう。前から欲しかったイタリアの靴だ。

「いいもの身につけてると、あなたって本当にいいとこのお嬢に見える」

多分、佐智はまた感心してくれるはずだ。それを考えると、ほんの少し心がはずんだ。

残務処理

芳村恭一が離婚して半年たつ。今どき離婚などそう珍しいことではない。ましてや芳村が所属しているマスコミの世界ならなおさらのことだ。

彼は中堅どころの出版社で、レジャー雑誌の編集をしている。別れた妻の久美子は、大手スポーツ店の広報をしていて取材で知り合った。ごくありふれた結びつきだったが、別れた理由もこれまたよくある話だ。芳村の浮気癖に久美子が愛想をつかしたのである。

芳村に言わせると、身持ちの正しい編集者などあまり見聞きしたことがない。要は女房がどれほど広い度量を持てるかということにかかっている。

三年前、二十九歳で結婚した久美子は、もちろんねんねのお嬢ちゃんではなく、独身時代のいくつかの噂を芳村は聞いたことがある。それを納得して彼女を選んだのだし、久美子もまた似たような自分の過去を容認してくれていたはずだ。言ってみれば酸いも甘いも嚙みわけた二人というやつで、久美子は寛大な妻になるはずだった。

「私、そういうところが我慢出来なかったのよ」

別れる間際に久美子は言ったことがある。

「なんだかたえず浮かれているのよ、あなたって。自分が特別な人間だと思って、何をしても許されると思っているみたい」

私はただ普通の結婚をして、普通の暮らしをしたかったのよと、口ごもるように言った。今になって思うと、久美子はＤＩＮＫＳという言葉が大嫌いだった。以前やはり雑誌の編集をしている友人から、典型的なＤＩＮＫＳということでグラビアに出てくれないかと頼まれた時、久美子は吐き捨てるように言ったものだ。

「私、あんな言葉、もう流行《はや》らない絵空ごとだと思っているから」

ダブルインカム・ノーキッズ。久美子もかなりの給与をもらっていたから、生活費を相応に出し合っていたのは本当だが、ノーキッズは彼女が望んだことではない。もう若くないから早く子どもが欲しいと言っていた彼女に、もう少し、もう少しと答えていたのは芳村だった。別に深い考えがあったわけではない。早めに予定をたてていたスキーや夏のヨーロッパ旅行がどうなるのだろうといった思いから生じたものだが、久美子はそういうところも許せなかったという。

しかし、まあ、それもみんな済んでしまったことだ。弁護士や双方の親の助けも介入もなく、綺麗に別れることが出来たのは、二人名義の財産も子どももなかったからだと、芳村はつくづく思う。金はいらないという久美子に、欲しいものがあったら何でも持っていけと言ったところ、新しいオーディオセットに二十六インチのテレビ、ヒマラヤンの猫を選んだ。新しいCDやビデオを楽しむのは久美子の趣味だったし、猫ももともと彼女が飼っていたものだ。だから何の異存もない。

オーディオにテレビ、そして猫のトイレ箱、その他かなりの量の久美子の衣類が運び出されると、三LDKのマンションは急に広くなった。二人で働いているからと、分不相応のところを借りたのだが、こうなってみると家賃がかなり痛い。いずれ引越さなければいけないと思うものの、ボーナスで補っているうちにずるずると日にちがたってしまった。いま芳村は男ひとり暮らしにしては、かなり広い部屋にひとりいる。玄関脇の四畳半は、今まで久美子が衣裳部屋のように使っていたのだが、芳村が仕事関係の資料や本を置くうちに、あっという間にふさがってしまった。その中に昔趣味で乗っていた自転車を置くとぴったりと決まる。

半年前にここに何着もの女の服がかかり、ドレッサーや香水が並んでいたことが嘘のようだ。離婚というのは、失《な》くなって空いたところがすぐふさがることではないかと、芳村は思うようになっている。そしてその早さときたら全くあっけないほどだ。

悔恨や空しさといったものに苦しめられるような気がしていたのにそんなことはない。そうかといって嬉しい、というのとも違う。友人の中には離婚したとたん、晴々したとか、急に元気になったとのたまう男もいるが、そのあたりの感情はいまひとつ湧いてこない。無理やりに自分の気持ちを解説すれば、淡々という言葉がいちばん近いだろう。

朝起きてコーヒーを沸かし、ミルクを入れて飲む。芳村は仕事柄出勤時間がまちまちで、普段は昼近く家を出る。だから久美子に朝食をつくってもらった憶えもない。夜はたいてい誰かと飲んだり食べたりするが、これは結婚している時も同じだった。

あと残るは掃除と洗濯であるが、独身時代が長かった芳村はコツというものを知っている。とにかく大胆にためたり散らかさないことと、週に一度大雑把に掃除らしきことをしておけば、そう悲惨な状態になることはない。だらしない男と久美子はよく言ったものだが、こういうところは案外まめである。

まわりのやもめの男たちを見渡すと、掃除をするのが嫌なばかりに、女にうっかりと合鍵を渡し、にっちもさっちもいかなくなっている者が多い。女はこれからも必要であるし、現在進行形の女もいないこともないが、当分はめんどうなことはやめておこうと芳村は決心している。

つまり今のところ、芳村のひとり暮らしには何の支障もない。支障もないから前の女房に対して、恨みも未練もない。ないないづくしの離婚こそ極めて理想的な得がたいものではないだろうかと芳村は思い、時折、自画自賛したいような気分になるのだ。

夜遅く帰り、新しく買った三十インチのテレビにビデオを入れる。久美子は芳村以上のビデオマニアだったから、彼が帰る時はたいていテレビの前にいた。ひとつのテレビに、二つのビデオをいっぺんにかけることは出来ない。だから芳村はしばらく久美子の最初にかけたビデオにつき合う。しかし途中から見るドラマが面白いはずもなく、すぐに退屈してしまい、雑誌を持ってひとりベッドルームに入ったものだ。

しかし今、ビデオデッキはいつも空いている。芳村は気の向いた時に好きなビデオを入れられる。時折は同僚が貸してくれるアダルトビデオを眺めながら水割りを飲む。久美子がいたなら決して許されなかっただろう行為は気だるく甘く、芳村を眠りへといざなう。

〝淡々〟という表現は、実は淡い満足という意味だと芳村は気づくのだった。

何もかもうまく終わったと芳村は思っていた。もう古いノートは片づけ、自分はまっさらなノートを拡げているのだと信じていた。けれどそれほどうまくいくわけはない。子どもの宿題帳ならともかく、大人の使うノートは最初からいろんなものが書き込んである。毎年新年に買う手帳が、すぐに使えるはずもない。昨年の古い手帳と首っぴきで、住所録、免許証やパスポートの番号を書き込まなければならない。芳村はそういうことをすっかり忘れていた。

最初にそのことに気づいたのは、一月のスキー旅行である。正月休みの混んでいる時をはずし、長野へ向かうのは仲間とのこの数年来のならわしだ。泊まるロッジも決まっている。

普通だったらとうに連絡が来てもいい頃なのに中島から電話一本来ない。中島というのは広告代理店で営業をやっている男だ。芳村よりふたつ齢下だが、出た大学が同じということもあり、仕事を離れても親しくしている。

軽い気持ちで昼休みに電話をしたところ、彼はあきらかにとまどっていた。

「俺さ、ずっと相談しようと思ってたんだけどさあ……」

ここまで聞いて芳村はすべてを察した。どうして今までそのことを思いつかなかったのだろうか。

「彼女が来るんだな」

「ああ、女房が去年のうちから誘っててさあ……」

中島の妻と久美子は以前からとても気が合っていた。確か女二人だけで旅行したこともあったはずだ。

「久美ちゃんは最初、行かない、やめとく、って言ってたんだけど」

〝久美ちゃん〟という言い方に芳村はむっとする。もっと違う呼び方はないのか。離婚した男に向かって、元の女房を〝ちゃん〟づけすることはないではないか。

「そしたらうちの奴がさ、こういう時だからこそ、スキーに行って気晴らししなきゃ駄目よ、とか言ったもんで、久美ちゃんもその気になってさあ」

ひとつの情景が浮かび上がる。中島の家のあのリビングルーム。芳村と同じように子どもがいない家だから、中はとても片づいている。以前は芳村と一緒に座っていたあのソファに久美子はひとりで座り、中島夫婦とあれこれ喋《しゃべ》っていたのだろう。中島の妻は料理が得意なので、きっと夕食をつくっただろう。あの自慢のビーフシチューを三人でさんざん食べたに違いない。三人で……。芳村は自分が今とても嫉妬していると思った。しかしそれは中島に対してか、久美子に対してかわからない。

「お前も来るか」

「馬鹿野郎」

思わず怒鳴った。

「別れた女房が来るスキー場に、なんでのこのこ行けるんだよ。一緒にリフト乗れっていうのかよオ」

「だからさ、俺もうちの奴に言ったんだよ。久美ちゃんが来るとなると、芳村の奴が来られなくなるぞ、いったいどうするんだよって。そしたらさあ、こういう時、男より女の方が励ましや友人が必要なんだって言うんだよ。だから俺も困っちゃってさあ」

「いいよ、いいよ、わかったよ」

中島にこれ以上言わせるのは酷だと思った。中島の妻は、以前ラジオ局で働いていた女だ。頭もいいし弁もたつ。中島はしょっちゅう言いまかされているのだろう。

「とにかくさ、今度のことは別にして、男だけで飲もうよ。女を混ぜたりしたから、めんどうくさくなっちゃったんだぜ」

中島の言いわけはとおらない。芳村が独身の頃から、彼は酒や食事の席によく妻を連れてきたからだ。あの頃の芳村は、しょっちゅう妻を連れ歩く男というのを内心軽蔑していた。外国ではあるまいし、それほど女房の機嫌をとることはないだろう。男同士の話というものもある。女だって女の予定というものがあるはずだ。

しかし久美子と結婚してみると、芳村も夫婦で出かけることが多くなった。その頃になるとまわりの様子も変わってきたのだ。彼と前後して結婚した仲間は、たいてい夫婦単位で行動することを好んだ。芳村たちは、そういう世代の〝走り〟だったかもしれない。

事実、ちょっとした集まりに女房を連れていくと便利なことがいくつかある。妻の機嫌がいいし、男たちは出かける言いわけや、帰る時間を気にせずに遊べるのだ。それに、女たちが混じれば、やはり席は華やかになる。

今思い出しても社交という場において、久美子はかなり有能なパートナーであった。それほど饒舌というわけではないが、適所をユーモアを交えた言葉で押さえることが出来る。これが上手い女というのは、いそうでなかなかいないものだ。

それとなく気を配り、年上の女たちにも気に入られていた。中島の妻のように、下半身の話題を口にすることもなかったし、そうかといってねんねを装ったくすくす笑いをしたりもしない。

当時は新婚だったせいもあるが、久美子はいつもしゃれた服装で、髪型もきまっていた。およそ夫と出歩く習慣のある妻というのは身綺麗にしているものだが、久美子はそちらの方のセンスは確かにあったと芳村は思う。

やはり夫婦で親しくしていた戸川という男が、クルーザーを買ったことがある。そのお披露目を兼ねて、何人かが乗り込んだのであるが、決してひいき目ではなく、久美子がいちばん人目をひいた。夜のパーティーでは肩を大胆に出したシルクのドレスを着ていたかと思うと、昼間はコットンセーターをさりげなく羽織っている。すごい美人というわけではなかったが、着るものの趣味がいいのと上背があるのとで、随分見栄えのする女だったと芳村は思い、そんな自分を少し恥じた。

なんとみっともないことを考えたのだろう。相手は別れた女房なのだ。美点をひとつひとつあげていくのは、未練というだらしない感情が発生した証拠ではないだろうか。それよりも、あいつがどれほど我が強く、人のあらさがしばかりしていた女かを思い出してみよう。離婚に際して、俺はそういうことを他人にあまり言わなかった。その結果、どうやら自分は悪者になっているらしい。だからこそ久美子は世間の同情を浴びて、人々に受け入れられているのだろう。

「俺だけは知っているが、全く嫌な女だったぜ」

芳村は小さく声に出してみて、今度はそんな自分がたまらなくみじめになった。いずれにしても別れた女房のことをあれこれ考えるのは、あまり気分のいいものではない。

しかし中島の電話は本当に腹が立った。どうしてあれほど女房の言いなりになるのだろうか。この分では、どうやらあそこの居間のソファに座ることが出来るのは、自分ではなく久美子の方らしい。

いいさ、いいよと思う。中島はいかにも代理店の人間だ。スマートで面白いが、調子者の一面を持っている。あんな男はいずれこちらの方から切ってやろう。今はいろいろこんがらがっているが、いつかきっとやってみせる。

むしゃくしゃした芳村は、電話をかけて昌美を呼び出した。彼女は妻との最後の争いの原因となった編集部のアルバイトの女の子ではない。ひょんなことから知り合った商社勤めの女性である。この会社は女の子がお高くとまっていることと、非常に遊び好きという二つの特徴を持っているそうだ。

ということを教えてくれたのは昌美自身である。こういう自虐的な言い方をするのは、昌美の誇り高さというものであって、自らと男たちの手によって磨かれた彼女はしなやかに動く工芸品のようだ。

丁寧にブラッシングされた髪はビロードのような艶を持ち、なめらかな肌はおそらくエステティックの賜《たまもの》だろう。巧みな化粧と小さなパールのピアスは、彼女が美人なのかそうでないのか、肝心のことをぼやけさせてしまう。

案外平凡な顔立ちかもしれないと芳村は見当をつけているのであるが、昌美は決して素顔を見せたことがない。自宅から通っている彼女は、どれほど遅くなっても必ず家に帰るからだ。

若い彼女が芳村の誘いに乗ったのは、それこそ好奇心というやつで、編集者ということ、離婚歴があるということが、彼女の何かをいたく刺激したらしい。もちろん彼女は時期がきたら、自分に釣り合う年齢のエリートと結ばれるつもりだから、芳村とのつき合いにも限定期間というものがある。そして最初にそれを伝えたのは、彼女の聡明さと洗練度というもので、芳村はそこが気に入っている。本当に利口な娘だった。

余計なことを言ったり、問うたりしない。時々ものをねだることもあったが、芳村の収入と立場に応じたもので、そのかねあいは絶妙といってもよかった。

夜は自分から服を脱ぎ、シャワーを浴びる。そして気のきいたことや、自分の身のまわりで起こった面白い話をして芳村を笑わせ、そしてベッドに入り込む。少し酔った体で若い娘を抱くのは、時々億劫《おっくう》なこともあったけれど、途中まで済ませれば、あとは相手の方で勝手に昂《たかぶ》ってくれる。二十代の女というのは便利なものだと芳村は思い、そしてこんな生活もいいかなあとひとりごちる。

明日ゴルフへ行くから早く帰るという昌美を、タクシーが拾えるところまで送ろうと立ち上がった時に、ちょうど電話が鳴った。受話器を取ると、男の無遠慮な声がした。

「おい、どうしてる」

フリーランスのカメラマンをしている渡辺という男だった。

「おう、久しぶりだな」

「お前、離婚してそろそろ淋しい頃じゃないかと思って電話をしてやったんだぞ」

「余計なお世話だ」

「まあ、まあ、そう強がり言うなって。俺にも経験があるが、男っていうのは別れて半年ぐらいの時に、ふっと淋しくなるもんだ」

「お前みたいに二回もしてもか」

芳村は相手をからかう。渡辺は二十代のはじめに一回、二回目は三十になってすぐアメリカ人のモデルと結婚し、その女とも別れ、このあいだ再々婚したばかりだ。三度目の妻は大層若く、すぐに子どもが出来たので皆にからかわれていた。

「ひゃっ、ひゃっ、ひゃっ」

渡辺は奇妙な声で笑う。

「まあ、結婚なんて一回目は叩き台、二回目で軌道修正、三回目でやっと体に馴じんでくるものなんだ」

芳村はちらっと昌美の方を見る。いったん立ち上がったものの、すんなりした脚を組んでソファに座り、コンパクトをのぞき込んでいる。かすかにいらだっているのが横顔でわかった。

渡辺は気のいい男なのであるが、大雑把なところがあり、こちらの電話を切りたがっている空気に気づいてくれない。芳村がこほんと空咳をし、別れを告げようと身構えた時だ。彼は意外な言葉を発した。

「今どき一回や二回の離婚なんて、大学の浪人と同じだ。誰も同情しないし、不思議がったりもしない、というようなことを彼女に言っておいた」

昌美の手前、うまく言葉を選ぼうとしたのだが、

「会ったのか」

という言葉が反射的に出た。

「ああ、おとといだったか、一緒にメシを食ってそれから酒を飲んだ。彼女はとても元気にしていたから安心しろよ。もしかすると前よりも綺麗になってるかもしれないな」

芳村は腹立ちのあまり、しばらく声が出なかった。なんという無神経な男なのだろうか。前妻の消息を伝えることが親切だと思っているのだ。

「別にそんなことを教えてくれなくてもいい」

低い声がやっと出たが、渡辺はそれを別のふうに解釈したらしい。

「もちろんお節介なのは承知しているが、お前だってやっぱり気になるだろう。俺も会ったからには一応話しておいた方がいいと思って……」

芳村は中島にも聞きたかったことを口にする。

「お前、彼女と会っているのか……」

この時、ちらりと昌美がこちらを見た。

「ああ、たまにだけどね。こんなこと言って気分を悪くするかもしれないが、彼女は気持ちのいい女だし、会っていても楽しい。お前の女房だったかもしれないが、俺の友だちだしな……」

答えも中島と似ている。ひやりとしたものが芳村の背に流れた。三年間の久美子との月日は、考えていた以上に複雑な糸をあちこちに垂らしていたらしい。離婚届けに判を押し、荷物を分けさえすればすべて終わると思っていた自分は、なんと単純で物知らずだったのだろうか。

渡辺もこのような電話をかけてくるところをみると、他にも友人たちは久美子と連絡を取り合っているような気がする。

「その、彼女と会った時はお前ひとりだったのか」

「そう、俺ひとりだったよ」

渡辺は明るくこうつけ加える。

「だけど他の奴も結構会っててんじゃないか。彼女はあんなふうな性格だったから皆に人気があったからな。言っちゃなんだが、この離婚はお前の方が悪いってみんな言ってる。久美ちゃんは……」

渡辺はまた芳村の大嫌いな呼び方をした。

「はっきり言ってお前にはもったいなかったよ。まあ、まあ、怒るなって」

彼は芳村の沈黙を先まわりしてなだめる。

「あんな嫌な女と別れてよかったよ、なんて言われるよりも、もったいなかったナアって言われる方が男として救われるだろ、そういうもんだよな」

「それもお前の経験からきた親切というやつか」

渡辺のひゃっひゃっという笑い声を最後まで聞かずに芳村は電話を切った。

渡辺や中島は正直な男だから、久美子と会ったことを打ち明けたが、どうやら他の連中もこっそり陰で会っているようだ。あいつ、あの夫婦と、芳村は顔を思いうかべる。彼らに裏切られたと思うのは、被害妄想というものだろう。しかしこれから自分はどうしたらいいのか、彼らに二股かけられるのはまっぴらだ。自分と飲んだ次の日に、久美子とグラスを合わせているのかと思うとぞっとする。

もしかすると彼らひとりひとりにこう聞くべきなのだろうか。

「彼女と俺とどちらを選ぶんだ」

まさかこんな小学生のようなことは出来やしない。それでは久美子と会う可能性のある友人を切っていくか。しかしそれは無理だ。三十の半ばを過ぎて友人は失くしたくない……。

「めんどーくさーい」

昌美の声で振り返った。受話器を置いた後も、しばらく彼女に背を向けていたことにむっとしているらしい。

「本当にめんどうくさいったらありゃしない」

あくびを出すような声で言うと、かたちのいい脚を組み替えた。

「離婚した男の人って、どうしてそんなにごちゃごちゃしてるのかしら。女の方がずっとすぱっとしているのにね」

「仕方ないさ、計算違いがいろいろ起こってるんだから」

芳村はあきらかに自分が今、昌美の機嫌をとっていると思った。それもこれも渡辺のせいだから本当にいまいましい。

「すべてすっきりしたと思ったのにさ、俺の友人やら知り合いがどうやら彼女とつき合っているらしい」

「そんなの、あたり前じゃない」

昌美は鼻の先でふふんと笑った。その笑い方が久美子にとてもよく似ている。女というのは男を小馬鹿にする時、みんなこんな表情をするものらしい。

「そういうのを見てみないふりをしたりさ、彼女元気でやってる？　ぐらいのことを言うのが大人のたしなみっていうか、エチケットみたいなものでしょう。あなたみたいにむきになる人見たことがないわ」

「そうかな。俺ってへんかな」

芳村は最近時々、昌美に本心をさらけ出してしまうことがある。十歳以上齢下の彼女が、急に大人びて見えるのだ。

「仕事柄、もっとスマートにやったらどう」

蛍光灯の下、つけ直したばかりのピンクの口紅がぬめぬめと光っている。その両脇にかすかな皺があり、こんな時の昌美は賢《さか》しら気で少し老けて見えた。

「私の友だちなんか、別れた奥さんと仲よくしている人、いっぱいいるわよ」

「そりゃあ、もう少し時間がたてば会うぐらいは出来るだろうさ。お互いに家庭を持つぐらいの時になったら仲よくすることも可能かもしれない」

そうだ、自分が手がけているレジャー雑誌の先月号のグラビアにそんな家族が出ていた。

別れた妻の家族と男の家族、総勢七人で、ワンボックスカーを駆り、河口湖のキャンプを楽しむ光景だ。

「新しい家族のあり方を示す、素敵な集まりです」

そんなキャプションがついていて、なんといい気なものだろうかと鼻白んだのを思い出す。口ではそんなことを言ったものの、自分が同じようなことをするかと思うとぞっとする。

「ねえ、別れてから奥さんと会ってないわけ」

「ああ、税金と保険のことで電話したことがあるがそれだけだ。会ってはいない」

「だから駄目なのよ」

ぽおんと昌美は言ってのけた。

「いっぺん会ってさ、お酒でも飲んだら。そしたらもやもやも少し晴れてさ、いい大人の関係ってやつが出来るかもよ。そのくらいの残務処理、みんなやってるわよ。憎み合ったり、もめにもめた夫婦ならともかくさ」

「なるほど残務処理か」

その言葉に芳村は感心し、そんな自分をまた大層恥じて舌うちをした。全く今日はどうかしている。

しかし一度会ってみるというのは、いずれしなければならなかったことだ。久美子あての手紙は転送するようにしていたのだが、しそびれた小包がふたつほどある。そして芳村自身もすっかり忘れていたのだが、三年前に久美子の名義でしたわずかばかりの投資信託が、見る影もなく下がったと証券会社から電話がかかってきたばかりだ。その話もしなくてはならないだろう。

「ま、いずれ、君のいう大人の関係っていうやつをしてみるよ」

昌美はまたふふっと嫌な笑い方をした。

「そうね、あなたってヘンなところが古くさいから」

久美子は全く別なふうなことを言っていたと思い出す。

その久美子に電話をしたのは、三日後の夜だった。十時を過ぎたちょうどいい加減に電話をしたのだが、留守番電話がまわるだけだ。次の日も同じだった。

「はい、瀬沼です。お電話ありがとうございました。ただいま留守をしておりまして申しわけありません……」

旧姓を名乗る久美子が、いかにも楽し気ではつらつとしていると感じるのは自分のひがみというものだろう。けれども結婚時代は寄り道をさほど好まず、いつもビデオを見ていた久美子が、どうしてこの時間まで帰ってこないのだろう。

三日目は十一時にもう一度電話をし、しびれを切らした芳村はこう吹き込んだ。

「今度の土曜日の二時、スポーツクラブのラウンジに行きます。その時お会いしましょう。都合が悪い場合は電話をください」

こういう場合、やはり丁寧に喋らなければいけないものかと一瞬悩んだが、テープがまわり出すと、自然とかしこまった声が出た。久美子は土曜日の正午から必ずスポーツクラブに行く。これは結婚していた頃からの習慣だ。二人で入ったクラブだったが、離婚に際して芳村の方が脱けることにした。

「あなたはほとんど行かないんだからそうして頂戴」

これだけは頑強に久美子が主張したからである。

土曜日は冬のきりりと晴れわたった日だった。芳村は革のジャケットにカシミアのマフラーを組み合わせた。別れたからといって身汚くなったと思われたくない。しかし少し薄着をしたせいか車のキーを入れたとたん、くしゃみが出た。ティッシュペーパーを出そうと、左手でグローブボックスを開ける。指がやわらかいものに触れ、取り出してみるとピンク色のゴルフ手袋だった。久美子のものだ。

最後に二人でこの車に乗ったのはいつだったろうか。ゴルフバッグをトランクに入れ、熱いポットのコーヒーを飲みながら走ったそんな日もあった。本当にあったのだ。

それなのにいま二人は他人となった。これが悲しくせつなくなくて何であろう。そうだ、どうして俺は今、別れた女房に会いに行かなきゃいけないんだと、芳村は小さく叫ぶ。

大人の関係が何だっていうんだ。スマートにやるっていうのはどういうことなんだ。離婚がどろどろしたつらいものなのはあたり前じゃないか。なんで物わかりのいい、しゃれた振りをしなくちゃいけないんだ。

俺が今しなくてはならないのは、彼女に会うことではない。失ったものを確かめることなのだ。

芳村はエンジンを止めてキーを抜いた。どうしようというあてはないが、とにかく車を止めた。

土曜日の献立

「ドレッシングにニンニクは入れないでちょうだいね」

君子がオリーブの実をつまみながら言った。

「それからサラダにコリアンダーは絶対に嫌よ。私、あのにおいを嗅ぐと、馬のおしっこを思い出しちゃうのよ」

「あら、馬のおしっこってそんなにおいなの」

「ずっと前、競馬場に行ったことがある。その時、そんな感じがしたのよ」

君子はオリーブの実をもうひとつつまむ。オードブルの皿に並べてと頼んだのだが、それが終わると瓶の中から、いくつもいくつも取り出し、口に運んでいる。

三十を過ぎてもほっそりした体型のままの君子は、髪も短くしていて、そうした行儀の悪さが似合わないこともない。

ワインビネガーを下の棚から取ろうとかがんだ香苗の目の前に、君子の腰があった。

黒いシルクのパンツにつつまれたそれは、とても子どもを生んだ女のものとは思えない。

「太郎ちゃんに――」

香苗は言った。

「チョコレートケーキを持っていって。デザートに多めにつくっといたから、後でタッパーに入れとく」

「サンキュー」

君子は全く抑揚のない声で答える。子どものことになるといつもそうだ。声や表情から何かを探られることを怖れるように、出来るだけそっけなくする。それは昔からの友人の香苗に対しても同じだった。

君子が未婚のまま男の子を生んだのは、もう五年も前のことになる。よくある話だが相手の男は妻子持ちで、別れる別れないでもめている間に、君子は妊娠したのだ。

「出来たものは仕方ないから、私、生むことにしたわ。それで男が逃げても構わない」

そう言いきった君子の姿は、女たちに感動を与えたが、男たちはどうやら恐れをなしたらしい。フリーでやっている翻訳の仕事が、急に途絶えたことがある。あんなふしだらな女に仕事をさせるなって、出版社のえらい人が怒ったらしいわ。君子が苦笑いしながら言ったことがあるが、それはもう昔の話で、今の彼女は落ち着いた暮らしを手に入れている。

子どもの成長も仕事も順調だし、つい先日君子が訳したミステリーは、かなりのベストセラーになったはずだ。それどころか彼女には、新しい恋人さえいる。若くて、大層様子のいい男だ。

その隅田という青年も今日の夕食に誘ったのだが、急な仕事が入ったという。イギリスから来た俳優を、映画会社の宣伝部に所属している彼は京都に連れていかなければならない。その俳優が突然言い出したことなのだが、拒否は出来なかった。香苗は聞いたことがないが、次の作品でおそらく大スターになるという俳優なのだそうだ。

香苗は木製のテーブルの上に、半月盆を並べ始めた。黒い塗りの盆は本来懐石のためのものだが、洋食に使ってもうまくまとまる。それに紫色のナプキン、水色の箸置きを合わせた。テーブルセッティングは香苗の大好きな仕事だ。美大に通っていた頃にテーブルコーディネイターという仕事があったら、きっと志していたに違いない。

当時四年制の美大を出た女など、使い道がなく、やっと見つけた仕事は建設会社の企画部だった。ここで四年間インテリアの仕事をした。といってもモデルハウスの内部を飾るだけのことで、ソファ選びもカーテンの色も、とにかく〝無難〟ということを言われたものだ。

こんなふうに濃い紫色のナプキンを使うことなど許されなかったに違いない。

六人掛けのテーブルの狭い一方を、夫の恭一の席とし、両脇の一方を栗田夫婦、片方を自分と君子の席にしたのだが、五人というのはどうもおさまりが悪い。

テーブルセッティングというのは、カップルの客を前提にしているとしみじみと思った。

「ねえ、君子、本当にあなたひとりでいいの。そりゃ隅田君の代わりにはならないだろうけど、恭一が会社の独身の中から暇そうなのを見つくろって呼ぼうかってさっき言ってたけど」

ビールを買いに出かけた恭一の伝言だった。

「土曜日でも行くとこなくて、ごろごろしている連中がいるから、電話かけりゃすぐ来るよ。女ひとりで、後は夫婦者《もん》っていうのは嫌なもんだぜ」

ふうんと君子は大きなため息をつき、そして唱《うた》うように言った。

「斎藤さんっていい人。本当に出来た人。あんな人、他にいないと思うわ」

しみじみとした口調だったので、彼女が他のことを考えていたのはあきらかだった。

そして同じように、実は香苗も別のことを考えていた。

栗田夫婦と自分との関係を何と言ったらいいだろうか。栗田は以前の香苗の恋人だった。修羅場を演じたわけでもないが、何の後腐れもなくきっぱりと別れたわけでもない。普通の男と女が経験するような争いや涙もあった。それで終わるはずだったのに、またもや交際が始まったのは、すべて自分の意地の卑しさだと香苗は思うことがある。

マンションを探している最中、不動産部門の栗田に相談しようと考えたのは、もちろんいい情報を手に入れたかったこともあるが、時間というのを買い被《かぶ》っていたことも大きい。別れから四年たち、自分は幸福な人妻になっている。栗田も愛らしい妻をもらったと聞いた。自分の傷口がとうにふさがっていると確認したかったし、相手のそれも見たかった。

そしてそれはとてもうまくいった。二人は昔のことについて軽口を叩いたほどだ。

「やっぱり、あなたと結婚しなかったのは正解だったわ」

「な、な、オレもそう思うんだ。君の幸せのために泣く泣く身を退いたけど、それはやっぱりよかったんだ」

「よく言うわよ」

香苗が笑うと、栗田も声を出して笑った。右の奥に近い歯に、香苗の知らない金の詰め物が入っていた。それを見た時、香苗は本当にすべてが終わったと実感した。

そしてその成功に気をよくして、香苗は栗田夫婦、恭一との四人で会うことを思いついたのだ。栗田のおかげで、掘り出し物の物件を手に入れることが出来た礼というのが名目だった。いや名目というより、そのマンションは実際得がたいものだったのだ。東京の都心近く、百平方メートル近い部屋というのは、チラシや不動産情報にもなかなか載っていない。

買った直後、地価暴騰が起こり、恭一と香苗はどれほど人から羨ましがられただろう。

「栗田さんには、品物とか金とかはいいのかなあ。会社で止めておいた物件を、こちらに教えてくれたんだろう」

あの日、レストランに向かう車の中で恭一は言った。その律儀さが、一瞬愚鈍さに見えたのは本当だった。だから香苗はこう答えた。

「いいのよ、あの人、昔の私のボーイフレンドだったんだから」

「なるほど」

その声はとても呑気で、香苗はまたもやいらついた。

「何度も寝た仲なのよ。だけど私が捨てられたみたいなかたちになったんだから、このくらいのことをしてくれて当然なのよ」

まさかそんなことは言えやしない。

恭一と初めて結ばれた時の、若い香苗ではないのだ。

「私ね、案外もてたのよ。いっぱいいろんなことがあったわ。あなたさ、まさかバージンがいいなんて思ってやしないでしょうね」

まさか、と言って恭一は枕ごと香苗を抱き締めた。あの時自分に愛を打ち明けた男をいたぶるのは楽しかったが、結婚したとなると話は別だ。

夫婦間の礼儀として、「寝た」とまではっきり告げることはない。

だから香苗はこう言い替えることにした。

「あの男、私に惚れてたんだから」

「なるほど」

恭一は実に楽しそうにハンドルを切り、香苗はひょっとしたら、夫は何も理解していないのではないかと心配になったほどだ。ボーイフレンドという日本語を文字どおり、男の友人ととったのか、「惚れていたのよ」という言葉は、栗田が一方的に好意を持っていたととったのではないだろうか……。

だがすぐに香苗はめんどうくさくなってきた。目ざすレストランがすぐそこに見えてきたのと、どうせ今日ひと晩のことと考えたからである。

栗田とその妻は既にウェイティング・バーにいた。噂どおり彼女は、きゃしゃな体つきで、大きな目が少女じみていた。アイドルの何とかという娘に似ていると、帰りに恭一が言った時も、「女房です」と栗田が肩を押すようにした時も、香苗は何も傷つかなかった。それどころかとても快活な気分になったほどだ。

「こういうのを大人の関係っていうのではないだろうか」

夫と昔の恋人、そして彼の妻との四人で、これほど楽しいひとときを過ごせるというのは、ひとえに自分の怜悧さによるものだと、香苗は密かに勝利宣言さえした。

それに恭一と栗田とは、すっかり気が合ったようだ。巨人が大嫌いで、ラグビー観戦が趣味で、最近ゴルフを始めたところまでそっくりだった。

「今度一緒にまわりましょうよ。ヘタだからご迷惑をおかけするかもしれませんが」

恭一が言うと、僕も同じですと栗田が乾杯する振りをした。

「うちの会社が開発したところで、いいゴルフ場があるんです。あそこは穴場ですよ。環六に乗ればすぐ着いちゃうし、人も少ない。僕が予約しますから、本当に一緒に行きましょう」

なんて素敵な光景なんだろうかと香苗は思った。こうして男たちの横顔を比べてみると、恭一の方がずっと鼻梁も顎のかたちも美しい。出た学校も、勤めている会社も夫の方が上だ。昔失ったものよりも、今手にしたものの方がはるかに秀れている。こんなに胸はずむようなことがあるだろうか。

だから香苗はずっと楽し気な微笑をたたえていたはずだ。それは栗田の妻の、久美子も同じだった。

「あらあら、男の人ばっかりいいことしようとして。ねえ、私たちだって仲間に入れてもらいましょうよ。私だってゴルフを始めるわ。ねえ、香苗さん」

それは現実となった。三年たった今、二組の夫婦は時々連れ立ってゴルフに出かける。

香苗と恭一、そして栗田夫婦は、つかず離れずという程度のもう少し上の関係のまま、ずっと続いているのだ。これは子どもがいないことが大きく原因していると香苗は思う。

子どもがいない夫婦と、子どもがいる夫婦とがつき合うのは至難の業だ。すべてが子ども中心の渦の中に自ら身を投じなければ、とても我慢できるものではない。

そう仕組んだわけでもないのに、香苗のところにも、栗田夫婦にも子どもは出来なかった。いい病院を紹介し合っていたのも最初の頃で、男たちが四十近く、いちばん若い久美子が三十二歳になった今では、そうした話題は既に途切れている。

その代わり、二組の夫婦がかもし出す静かで穏やかな雰囲気が出来上がりつつあった。二カ月に一度ほど行くゴルフの帰り、野鳥料理を食べたり、ソバのうまい店に寄ったりするのも、最近のならわしだ。

「うちのは時々言うのよ。オレが本当に好きだったのは香苗さんだったたって。私言ってやるの。もう遅いわよ、お生憎さまって……」

酒に弱い久美子が、ほんの時たまそんなことを口にすることもあるが、男二人と香苗はふふふと笑う。そうすると久美子もにっこりとする。

そう、すべては過去というふた文字に塗りこめられようとしている。塗りこめた白い壁に、香苗たちは新しい絵を描いた。しかし時たまであるが、第三者の君子がヘラを使って、白い壁をがりがりとひっかく時がある。その下のあの古い絵をつきつけようとするようだ。

「本当によく出来た夫よね。ちょっといないわよね」

と言うのはあきらかに皮肉というものだ。

君子を呼ばない方がよかっただろうか。いや、そんなことはない。家で食事会をする時は必ず呼んでね、だって香苗の料理っておいしいんですものと、たえず言っているではないか。

「子どもと二人だと、ありあわせのものつくって、奴がこぼしたものを口に入れるような生活してるのよ。隅田と会う時は外食ばっかりでしょう。私、〝家庭の味〟っていうのに飢えてるのよ」

この間はそんなことを言って、香苗を笑わせたばかりだ。今日も早く来て手伝ってくれている。

「ちょっと君子、シャンパングラスをとってくれない」

「あら、シャンパンとは豪勢ね」

「違うわよ、オードブルに蟹のカクテルを出そうと思って」

大ぶりの缶切りを君子の掌に置いた。

「グラス出したら、蟹の缶詰を開けてね」

白く光る刃を君子に渡した時、香苗は何か重要なものを、いま彼女に手渡したような気がした。

七時を十分過ぎた頃、栗田と久美子が姿を現した。

「いつもすいません、ご馳走になります」

久美子がおどけて片手をふった。少女じみた長い髪はそのままだが、最近目のまわりに小皺がとても目立つと香苗はすばやく見てとった。大きな瞳の持ち主で、時々こういう運命をたどる女がいる。まわりの皮膚が目の大きさを支えきれなくなってくるのだ。対する栗田は明確に肥満の道をたどっている。ノーネクタイでジャケットを羽織っているのだが、はっきりわかるほどシャツの腹部がこんもりとしている。栗田が醜くなっていくのは、香苗にとって昔の証拠が完璧に隠蔽されていくような安心感をもたらす。だが、それさえこの頃ではあまり感じないようになっている。

「君子さん、久しぶりですねえ」

栗田は如才なく君子に声をかけるのだが、そういう様子はますます彼を老けさせる。

「なんだか毎日忙しくやってます。貧乏暇無しっていうところかしら」

君子も愛想よく答える。彼女が訳したミステリーのファンだと栗田が言ったこともあり、そう気に入らない相手でもなさそうだ。ただ久美子の方は苦手のようで、香苗のように旧くからの知り合いだと時々はらはらすることがある。他の人間にはわからないだろうが、おもしろくないと馬鹿丁寧な言葉を使うのは君子の特徴だった。

「あのね、今日みたいにお出かけする時は、お子さんはどうなさるの」

「母が見てくれますの。近くに住んでいるので何かの折にはすぐ来てくれるんですよ」

「それはよかったですね、でも、大変そう」

こういう時、子どもがいない女が誰でもするように、久美子は軽い恐怖感から眉をひそめる。そんな生活は考えもつかないのだ。

「今日はこれをメインにしましょう」

外から戻った恭一が、苦労して手に入れた大吟醸の一升瓶をどさりとテーブルの上に置いた。まずはビールで喉を濡らして、栗田が持ってきたワインを飲《や》る。そして食事が終わりかけた頃から、本格的に大吟醸をという腹づもりらしい。

男たちは、いち時にいろいろな種類の酒を飲むのが好きだ。今夜の料理はワインにも日本酒にも合うように、ごくあっさりしたものにしている。

まずはオードブルの皿を出した。ひとかかえもある備前の皿に、買ってきた既製品を彩りよく並べてある。メインの料理は手間をかけるが、こうした冷たい料理は簡単にすませるのが香苗のやり方だ。

スモークサーモン、煮たアワビを薄く切ったもの、ニシンの昆布巻き、菜の花の芥子あえ、ミョウガの薄切りをちまちまと並べてある。オリーブの実は、わずかに数粒しか飾られていない。後は君子がつまみ食いしたのかと、香苗は何やらおかしくなる。

痩せているくせに、君子は気に入ったものはいくらでも口に入れる習慣があった。しかしさすがにオリーブを食べ過ぎたらしく、皆の前で小さなげっぷをした。

「失礼、外国じゃいちばん不作法なのよね」

「ここは日本で、身内ばっかりだから、なんにも気にすることはないよ」

恭一は笑い、君子は謝る代わりに身をすくめた。〝身内〟という言葉が空々しいわよと言いたげなのが香苗にはわかる。確かにその言葉は、あたりの空気に溶けて消えていくことがない。小さな霧となってテーブルの上に降りていくかのようだ。

〝ミウチ〟、どうしてこれほどつまらぬ言葉を夫は口にするのだろうか。

栗田は君子の訳した本をまた誉めた。まるでそのことを話題にすれば、この場は永遠に安泰とばかりにだ。

「うちの会社にもあれを読んだものが多くってね。この『午後四時発ミストラル』を訳したのは、僕の知り合いだって言ったらさ、栗田さん、有名人知ってるんだなって、僕も鼻が高かったよ」

「嫌だわ、有名人だなんて」

君子は鼻をならしたが、まんざらではない証拠に唇がわずかにゆるんだ。そうすると前歯が二本のぞく。つんと上を向いた鼻から唇にかけての線は日本人離れしていて、くっきりしためりはりがある。ほんのり笑うと君子はとても美人だ。昔は違っていたが、今では久美子よりずっといい。

「ねえ、ねえ、君子さんは自分で書いたりしないの。訳していたら、このくらい書けると思って書いたりしないの。ほら、翻訳やっていて作家になる人って多いじゃないの」

久美子がつまらぬことを言い始めた。君子は以前からこの種の質問をとても嫌っているのだ。

「そうですねえ、才能があったら書くかもしれませんね」

「才能だなんて！　あれだけ立派な本を書いてるじゃないの」

「まあ、あれは元の本があるものですからねえ、それを日本語に直せばいいわけです。無から何かをつくり出す小説っていうのはどうでしょうかねえ」

今夜の君子はとても扱いづらい。最初からあちこちを尖らせているような気がする。もともとが愛敬をふりまく女ではなく、皮肉を口にしたり、議論を仕掛けるようなところがあるが、それは一緒にいる人々をおもしろがらせる程度にいつもとどまっていた。やはり隅田がいないことが不満なのだ。彼が来ないことがわかった時点で、他のパートナーを探しておけばよかったのだろうか。それにしても子どもではあるまいし、自分の男が参加しないからといって、不機嫌さをもろに出す君子の気がしれない。久美子が気にくわないならば、最初から来なければよかったではないか。

香苗はキッチンに入り、蟹のカクテルを盆に載せた。すぐに出来るこの一品は豪華に見えてとても気がきいている。案の定、テーブルに載せたら小さな歓声が上がった。

「僕は、じゃワインにしよう。栗田さんからおいしい白をもらったから」

「わりといいシャブリだよ。うちの冷蔵庫でいったん冷やしたのを持ってきて、すぐお宅の冷蔵庫に入れてもらったから、もう飲めると思う」

栗田はワインの栓を抜くのが得意だ。行きつけのレストランで教わったということで、口の下あたりをナプキンでおおう。

「こうすると力が入るからね。股の間にはさむよりはずっといいでしょう」

ひとつの情景が浮かび上がってきた。五反田のアパート、六畳と四畳半に小さな台所と、それ以上に小さな風呂場がついていた。

香苗が泊まる夜、栗田は必ずワインを抜いたものだ。あの頃、夕食に自宅でワインを飲むなどという若いサラリーマンはめったにいなかった。

気障《きざ》ねと言うと、馬鹿言えと栗田は口を尖らせたものだ。

「香苗の料理をひきたててやるために、ワインを抜いてるんじゃないか。ちょっとこげたハンバーグもさ、ワインが横にあるとそれなりに見えるもんさ。それに——」

ワインは催淫《さいいん》剤の役割もするんだぜと声をひそめて言う。ビールはすぐにトイレに行きたくなる。日本酒はぐっすり眠ってしまう。

「だから女が来る日は、ワインにしなきゃいけないって、フランスじゃ法律で決められているんだ。本当だよ」

どうしたことだろう。十年以上も前の記憶が突然飛び込んできた。自分がじっと栗田を見つめていたことに気づいて、香苗は立ち上がる。

「次はお肉よ。和風のローストビーフというのを焼いてみたの、お醤油味でとてもおいしいの」

そりゃあいいねと、恭一と栗田が同時に叫んだ。天火の中で温めていた肉に、クレソンをたっぷりと飾った。これにレタスのサラダを添える。

「いやあ、香苗さんがこんなに料理がうまいとはねえ――」

これは夕食に招くたびに、栗田が必ず口にする言葉だ。

「惜しいことしたでしょう。悔やんでも悔やみきれない？」

久美子が軽くからむのもいつもどおりだ。恭一の表情は見なくてもわかる。多分薄く笑っているはずだ。こういう時、夫はいつも楽しそうに笑う。それは妻の自分に対する愛情への自信と、余裕からだと思っていたが、本当は違うのだろうか。

恭一はとてもやさしい。自分は最初から許されていた。

恋人になってからも、香苗はさまざまな悪態をついたものだ。

「恭ちゃんで四人めよ。この年にしちゃ、案外少ないでしょう」

「いや、いや、たいしたものだ」

許されていたのは過去ばかりではない。こうして夫は、妻の昔の恋人と酒を酌みかわしている。もしかするとすべてのことを最初から知っているのかもしれない。しかし妻が楽しければよいと考えているのだろう。そうした夫が、今夜に限って、愚かし気に見えるのは、きっと酔っているせいだ。恭一が出張した同僚に買ってきてもらったという広島の銘酒は、口あたりのいい分、酔いが早い。ワインを一本空け、その一升瓶も、もう半分になっている。

下げた食器を流しに重ねていると、恭一が近づいてきた。声をひそめて言う。

「この後の料理、何」

「え、もうこれで終りよ。後はデザートのお菓子と果物」

「あのさ、ちょっと少ないような気がするんだけど」

ローストビーフの肉塊は少々小さいような気もしたが、各自に二枚ずつはいき渡っているはずだ。

「でももの足りないんだよな」

恭一はこういうところに非常に気がまわる。それは妻にとって、そう気分のいいものではない、ということには気づいていない。

「じゃ、私、急いでもう一品つくるわ」

「そうしてくれよ。酒がうまいせいか、なんかものがどんどん入るんだよな」

キッチンを出て行こうとする恭一の肩がぐらりと揺れた。それに手を貸そうとしたがやはりやめて、冷蔵庫の扉を開ける。今日の買い物のついでに買ってきた牛のひき肉があった。

それをフライパンにぶちまけ、手早く炒めた。少し濃い目に醬油で味をつける。

乾物入れを覗くと、マッシュポテトの箱もあった。久しく使っていないので不安だったが、ビニールの口はきちんと洗濯バサミで閉じられていて、なんのさしさわりもない。

これを湯とミルクでもどし、ひき肉の上に重ねた。チーズをふりかけ天火に入れる。上にうっすら焼けこげがついたら出来上がりだ。

自分の思いつきに、香苗はすっかりはしゃいでいた。ミトンで耐熱皿を持ち、走るようにしてテーブルに運ぶ。

「さっ、さっ、熱いうちに召し上がれ。即席ポテトグラタンよ」

その時香苗は栗田を見た。なぜ彼の顔を凝視しなければいけないか、その理由をずっと前から知っていると思った。

「あ、これ、オレの大好物なんだ」

五反田の古いアパート。狭い間取りだったが、小さな台所にもかかわらず、なぜか天火があった。

「前に外国人が住んでて、そいつがはめ込んだらしい。今度これ使って何かつくってくれよ」

俺は田舎育ちだから天火の使い方などわからないと栗田は言った。香苗の家も東京ではないが、料理好きの母親は天火をきちんと使いこなしていた。見よう見まねで、焼きリンゴをつくったら、それはなかなかうまくいった。ローストビーフの肉などとても買えなかったが、ミートローフぐらいはすぐにつくれるようになった。そして料理の本で見て、香苗なりに工夫したのがこのポテトグラタンだったのだ。

「うまいんだよな、これ。ポテトの味がほくほくしちゃって」

栗田はくんくんと鼻を鳴らす振りをする。

「香苗の得意料理だったわけね」

久美子より早く口を開いたのは君子だった。

「そお」

栗田は力強く答える。

「オレがこれを気に入ったから、しょっちゅうつくってくれたの」

誰かがこの後、気のきいた冗談を言わなければいけなかった。たとえば久美子が、

「そうかあ、こういうものを食べてたから、私のつくったものを不味《まず》い、不味いって言ってたのね。ひどいわー」

芝居じみた悲鳴を上げなければいけなかった。それなのに彼女は、ひっそりとポテトの山をフォークで崩している。

たいしたことはない、と香苗は結論を下す。別に隠していたわけではない。大人同士既に了解済みの事実ではないか。ちょっといつもと違うことが起こったが、それがどうしたというのだろう。

「これ、おいしいだろう。オレは芋なんか好きじゃないんだけれど、これだといくらでも入っちゃうんだよな」

あの頃会社は週休二日ではなかった。土曜日の午後、香苗は栗田のアパートへと急ぐ。レコードをかけ、テレビを見、そして香苗は小さな台所へ立つ。

腹が減ったよ、何かつくってくれよ。ちょっと待ってよ、手を離してくれなきゃ、何も出来ないじゃないの。いや、駄目だ、このまんまで台所へ行くんだ。馬鹿ね、あなたは変態よ、もし窓から覗かれたらどうするつもりなのよ……。

忘れられると思っていた。忘れたと思っていた。それなのに今、いち時に溢れ出る。止めようと思っても止められない。自分の脳は、思い出と同じようにコントロール出来ると信じていた。それなのに突然、さまざまな情景が次から次へと現れて香苗を混乱させる。

「ねえ、私、前から思ってたんだけど」

ゆっくりと君子が口を開いた。

「栗田さんって、どうしてこんなにおいしい料理をつくってくれた恋人が、他の男と結婚しても、平気で四人で会えるの」

「そんな、香苗さんは恋人というわけじゃ……」

そう言いかけて栗田は、だらしなく唇をゆがめたが、もうそんな必要はないと判断したのだろう。今度は胸をそらすようにして言った。

「僕たちはみんな大人だから」

「そうよ、本当に大人よねえ」

君子はひとり大きく頷《うなず》く。酔いが進むと彼女は青ざめて見える。それなのに止めに入らない自分が、香苗は不思議だった。

「よくさ、女房の昔の恋人とか、亭主の前の女とかと、夫婦で仲よくなっちゃう連中っているのよね。本人たちはすごく粋《いき》がっているんだけど、薄汚いのよ。香苗たちって、そういうのでもない。二組で一緒にいても、少しも楽しそうじゃないんだもの。こういうことって、あなたたちには似合わないわよ」

「そうかなあ、僕たちは結構楽しくつき合ってますよ。我々はとてもよく似ている夫婦だからね、経済的にも、環境も、子どもがいないところもそっくりだ」

栗田は今度は、とぼけたふうにやりすごそうと努めているようだ。君子は実に意地悪気に、ふふんと鼻で笑った。

「それって、女房も似てるっていうことかしら。私から見ると、恭一さんと栗田さんってどこか似たところあるけど、香苗と久美子さんってまるで違う。似た夫婦なんてめったにあるもんじゃないわ。あなたたちって全然違う組み合わせよ。共通点はね——」

ここで君子はまた小さなげっぷをした。

「どちらもこういう交際が出来るほどさばけてもいないし、おしゃれでもないっていうこと。だいいち嫌らしいじゃないの。昔、さんざん寝た女とその亭主を前に、昔、女がよくつくってくれたポテトグラタンを食べるなんてさ」

香苗の声とからだは動かないままだ。君子をたしなめると、彼女の今言ったことはすべて肯定されてしまう。もうそれらは歴然とした事実としてテーブルに横たわっていたのだが、覆いのナプキンをとりのけて君子がフォークでつつき始めた。誰かがやんわりとした笑いで、もう一度覆いをかけてくれなくては困る。

そして栗田は、自分がその役を引き受けようと決心したかのようだ。いや決心というほど大げさなものではなく、反射的に彼はいくつかの言葉を口にした。

「君子さん、もうみんな昔のことですよ」

「あの時、ああだった、こうだったと言っている年齢でもないでしょう、我々は」

そして最後に言った。

「寝た、寝ないなんてたいしたことじゃないね。この頃になってやっとわかった」

「へえー、そうなんですか」

君子はわざとらしく目を丸くする。

「そうだよ。いろんな女の記憶が混ざり合って、ごっちゃになって、ひとかたまりになったまま薄れていく。オレなんか行きつけのバーに行くだろ。あれ、この娘とは寝たっけ、そうじゃなかったっけって、まるっきりわからなくなってくるんだ」

久美子は平然として聞いている。

「それでね、女の子をつかまえて、オイ、お前はオレと寝たことあったっけなんて聞いてみる。すると違うわよ、栗田さんが浮気したことあるのはユミちゃんよ、なんて言われるんだけど、オレは絶対その娘の裸のおっぱいを見た記憶が確かにあるんだよな。若い時ならともかく、寝た、寝ないなんてささいなことだ。オレはこの年になって本当にそう思うね。それよりも今、みんなで楽しくつき合ってるかどうかっていうことだよ」

ポテトグラタンとワインで夕食をとった後、香苗と栗田はベッドに入った。彼の背中はうっすらとやわらかい毛が覆っていた。よく見なければわからないような、細いうぶ毛。それに唇をはわしていくと、栗田は奇妙な声をたてる。それがおもしろくて、香苗は執拗に唇を押しあてた。

あれは恭一ではない。栗田の記憶だ。恭一の背中はのっぺりとしていて、小さなシミがいくつか散らばっているだけだ。二人はまるで違っている。その違いを香苗はよく知っている。

そう、自分は栗田と寝た。栗田と寝た。決していっしょくたにはならないのが記憶というものだ。

「じゃあさ、栗田さんが言うのは、そんな道徳めいたこと言うよりも、不必要なことはとり除けて、思い出さないようにして、今の人間関係を楽しもうっていうことね」

「そうだよ、もう後ろを振り返る時間なんてないよ、オレたちには。もっと年寄りになったらするかもしれないけれど、今は自分にとっていいことだけをピックアップして、後は切り捨てていく。もう若くないんだからね。寝た、寝ないなんて小さなことで大切なものを失うことはないさ」

「そうかあ、私、悩んじゃって損しちゃったァ」

背伸びするように君子はからだをそらした。

「どうってことなかったのね。私と恭一さんとのこと」

もう栗田も口をはさまない。誰もが恭一の顔を見ないようにするために、うつむいて冷めたポテトを食べる振りをした。

「あ、そんなに気にしないで。半年も前の話で、あっという間の出来事よ。飲むとこでばったり会って、まるっきり何も考えずにそうしたわ。本当にあっという間よね。それでも時々は会って、五、六回はしたっけ？」

君子は恭一に向けて、顎をしゃくり上げるようにしたが、何の返事も得られなかった。

「もっとドライに割り切って、うちにこれからも遊びに来てくれよなんて言われたけど、私なりに考えちゃってさあ、これでもいろいろ気を遣ったわけよ。寝たなんてどうってことない。本人が割り切りさえすれば、すっかり忘れることが出来る。ゼロになるんだって言い聞かせたんだけど、私、いろんなことがすごく嫌だった。だからあなたたちのことに、腹もたったわけよ。この家に来なきゃいいんだけどさ、香苗に気づかれるのも怖かったから、いちいち無理しちゃって」

「私、気づいてたわ」

夜遅く帰ってきた恭一が妙にそわそわしていたこと、君子をうちに呼べと言ったり、その後で、いやそんな必要はないとつぶやいたこと。小さな矛盾は、今いっきに大きな解答になったが、それを以前から知っていたと宣言するのは、とっさに出た妻の自負というものだ。

「君子はものすごくエスニック料理が好きだったわ。香辛料や香菜に目がないの。それがある時からいっさい口にしなくなった。恭一はね、においにとても神経質だわ。セロリにだって嫌な顔をする。おかしいなあって思ったのはその時からよ」

久美子がわっと泣き出した。

「私、嫌よ。なんて下品なの。たった五人しかいないテーブルなのに、寝たカップルが四組もいるのよ。すごい順列組み合わせよねえ、なんて、なんてイヤらしいの」

妻の肩に栗田は手を置く。大きな暖かい手。甲のあたりは背中よりも濃い毛が生えている。その指は何度も香苗の奥深いところに入り、往復運動を続けた。

どうしてそれらのことが消えたと思ったりしたのだろう。多摩に野鳥料理を食べに行った帰り、温泉にでも皆で入ろうと栗田が冗談を言った時、胸が大きく鳴ったこと。ゴルフ場でビールを飲む栗田の喉仏。空を仰ぐ横顔。

わき起こってくる小さなものを、なだめ、表面に出ないようにたしなめ、けれど誰にも気づかれないように瞬時に取り出してすぐにしまう。余韻の緊張だけで胸が音をたてているのを確かめるのは楽しかった。その陰では快楽を匿《かく》しているのは自分だけだと長いこと思っていた。

けれど夫も君子も、そして栗田もそれは持っていたのだ。そしてそのことによって、自分たちは長く続いていた。今、やっとわかった。

「それにしても――」

恭一が声を発したので、四人はいっせいに彼の方を見つめた。

「夕食を続けようじゃないか。僕の妻がみんなのために心を込めてつくったものだ。話し合いは各自、家に帰ってからしようじゃないか」

その短い言葉の中に、香苗はたくさんの救いの暗号が隠されているのを知る。

「そうね、デザートにチョコレートケーキもあるわ。君子の子どものためにも多めにつくっておいたの。男の子だから、とてもたくさん食べるの」

食後酒はいらないだろう。デザートの後で、高らかに終了を告げようと香苗は決心した。

解説

酒井順子

子供の頃に、私が真剣に「怖い」と思っていたもの。それは、地震とノストラダムスの大予言、そして幽霊でした。大地震が来て、地割れの中に落ちたらどうしよう。一九九九年に地球は滅びてしまうんだって？　一人で留守番している時におばけが出てきたら？　……という三大恐怖に脅かされながら一生過ごさなければならないことも、さらにも一つ怖かった。

しかし人間、大人になると食べ物の嗜好も変わるように、恐怖を感じる対象も変わってくるものです。高校生にもなると、試験前の勉強中に〝今、地震がくれば明日からの試験は中止になるはず……〟と密かに願いました。ノストラダムスの大予言にしても、同じく高校生にもなると、〝一九九九年っていうと、私も三十すぎかぁ。その頃には結婚もして、子供も産んで、一通りの人生経験はしてるだろうなぁ。マ、そこで死んでも未練はないかもねー〃などと思うようになったのです。（一九九九年も間近の頃、結婚も出産もまだしていないというのは、ちょっと予定とは違いましたが）

幽霊も、怖くなくなりました。本当にいるのかいないのかさえわからないようなものを怖がる暇が無くなったのかもしれないし、曖昧なものに恐怖するだけの想像力が失われたのかもしれません。しかし、幽霊が怖くなくなった最も大きな原因は、「本当に怖いのは、幽霊よりも生きている人間なのだ」ということに気づいたことなのです。

嘘をつかれたり、裏切られたりする度に、〃ああ、人間って怖い生きものなのだな〃ということがわかってくる。初めて他人から裏切られるという経験をした晩には、ベッドの中で泣きまくりつつ、〃ああ、人間なんてちっとも信用ならない。幽霊にでもこの胸のうちを相談したい……！〃と思ったものです。

しかし、他人に対して恐怖を感じているだけでは、本当の人間の怖さを知ったことにはなりません。「こんなにひどい人がいる」「あの人は怖い」と言っているうちは、まだ〃自分だけは、いい人だ〃という幸せな思い込みをすることができるのです。が、ふとしたきっかけで、自分の中にも暗くて汚い部分があることを発見した瞬間。これは、怖いですね。

それまでは、他人の悪口を言ったり、嘘をついたりしていても、「私がこのような行動をとるのには正当な理由があるのであって、私が悪い人間だからではない」と信じていたのに、ある瞬間、「そうではないのだ。私自身の根本に、確実に『悪』があるからこそ、私はあくどいことをするのだ。悪事をはたらくのに『正当な理由』などあるわけがなく、それは自己正当化のためのいいわけにすぎない！」ということが見える。それまで気づかなかった、もしくは気づかないフリをしてきた自分の中の「悪」の穴のフチに初めて立って中をのぞきこむと、あまりに暗くあまりに深いその穴に、吸い込まれそうになって、目が眩む……。

『ウェイティング・バー』を読んでいて私は、初めて自分の中の汚い部分を知った時の恐怖を、思い出したのです。「土曜日の献立」の中で、

「夫と昔の恋人、そして彼の妻との四人で、これほど楽しいひとときを過ごせるというのは、ひとえに自分の怜悧さによるものだと、香苗は密かに勝利宣言さえした。」

という文を読むと、自分の中の「穴」に対して気づいていないフリをしていた頃の自分が脳裏に浮かぶ。そして、

「『どちらもこういう交際が出来るほどさばけてもいないし、おしゃれでもないっていうこと。だいいち嫌らしいじゃないの。昔、さんざん寝た女とその亭主を前に、昔、女がよくつくってくれたポテトグラタンを食べるなんてさ』」

と言う君子の姿は「穴」の存在をはっきりと認めた後の自分と重なり合う。

同時に、読みながら「怖さ」以外の何かを感じている自分にも、気づきます。本書の

十編のストーリーによって、自分の中にある暗い穴をえぐり掘られるのは苦痛ではあるのですが、どこか快感でもあるのです。

それは、自分の肉体を鏡で見る時の気持ちと似ています。鼻息で曇るくらい顔を三面鏡に近づけて、目尻を凝視する。目の下にはシワがある。女性はそのシワを見て、どうあがいてもやってきてしまう老化に対する心の底からの恐怖を感じるとともに、特殊な興奮と、いとおしさをも感じるものです。

「出来の悪い子ほど可愛い」と言いますが、自分の肉体に関しても同じなのでしょう。シミや枝毛、下腹部のたるんだ肉や膿《う》んでしまった傷口など、肉体の醜い部分をまじまじと眺める時はいつも、醜いが故のいとおしさが高じて、胸が沸くのです。

本書を読みながら感じる興奮、及び自分の醜い肉体を見た時の興奮は、別に「怖くってドキドキしちゃう」という興奮ではありません。自分の中の暗く汚くジメジメした部分を直視してしまったという、羞恥心とヤケクソ心と自虐的な気持ちとが交じった興奮です。その興奮がもたらす甘美な快感はやがて、自分の中にある暗い「穴」の新しい後ろ盾となり、その存在を優しく許してくれます。この本は、私の心の中にある穴にとって最高の肥料となり、その穴を熱く発酵させせました。

男性の感じ方は、私とは少し違うことでしょう。

「本当に女は怖いよなぁ」

と、本書を読んだ男性はつぶやくに違いない。

しかし男性は、この本を読んで、もしくは実際に恐ろしい目に遭って「女は怖い」と学習しても、その次に出会った女性が持つ恐ろしさには、気がつかないのです。そして彼はまた恐ろしい目に遭い、

「本当に女は怖いよなぁ」

とつぶやいて……。ということを、延々と繰り返す。

「女は怖い」ということに気がつかない男性に対して、私は昔、非常にイラつきました。まだ自分の中にある「穴」に気づいてない頃は、うまくネコをかぶってモテまくる女性を見ると〝どうしてこの女の性根の悪さに男は気がつかないのだッ！〟と、ムカムカしたもの。

しかし最近は、何だかわかってきた気がするのです。男性というのは元来、女性が持つ恐ろしい部分には気がつかないようにできている生きものなのだ、ということが。男性が最初から女の恐ろしさを知っていたら、彼等はとても恋愛などできないだろう。もちろん結婚もしないし、子孫を作ろうともしない。そうしたら人間は滅亡してしまう……。そう考えた神様が、女性の恐ろしい部分にのみ通用する目かくしを、男性に与えたのではないか。

そのお陰で私達は、安心して、堂々と悪人になることができるのです。甘い先生が監

督するテストの時にカンニングをしまくる生徒達のように。
「女は、怖い」。と言うよりも、「怖いから、女」。怖い部分を全く持っていない聖女は、「女」ではない。「女」という団体は、フリーメイソンやＫＫＫも足元にも及ばない、世界最大の秘密組織と言ってもいいかもしれません。

とはいえその秘密組織では、構成員同士で悪事の成果を報告し合ったり、讃え合ったり、裏の手を教え合ったりすることは、まずありません。構成員同士は、同時に敵同士でもあるのです。ただ一つその結束を支えているものがあるとすれば、「自分達が抱えている『悪』を、決して男性にバラさないこと」という不文律のみ。

そんな秘密組織にとってこの本は、会報であると同時に、男性に対する詳細な密告書でもあります。「怖いなぁ」と思ってもすぐに忘れるという男性の特性をよくご存知の林さんならではの、男性に対する遊びの仕掛け、のようなものだとは思いますが。

世の中に、怖いお話はたくさんあります。しかし幽霊よりも人間が怖い私は、魑《ち》魅《み》魍《もう》魎《りょう》が跋扈《ばっこ》するホラー小説よりも、ごく普通の人間しか出てこない本書の方が怖いのでした。

料理でも、特別に高価な素材を使えば、誰がどう料理してもある程度おいしくなりますが、普通の素材を使った場合はモロに実力が出るといいます。特別な素材や珍奇な素材をあえて選ばずして、舌がとろけそうな「恐怖」や「笑い」や「涙」を料理することができる林真理子さんは、やっぱり当代一流のシェフであり、どうしてもその料理店に通いつめてしまう私なのでした。

（エッセイスト）

初出誌　オール讀物

つわぶきの花	1988年２月号
前田君の嫁さん	1991年６月号
ウェイティング・バー	1989年１月号
怪談	1992年10月号
朝	1991年11月号
わたくしの好きな写真	1990年５月号
いらつく理由	1990年１月号
靴を買う	1989年２月号
残務処理	1992年２月号
土曜日の献立	1990年12月号

単行本　1994年９月　文藝春秋刊

この作品は1997年８月に刊行された文春文庫『怪談
男と女の物語はいつも怖い』を改題した新装版です。

ＤＴＰ制作　エヴリ・シンク

文春文庫

ウェイティング・バー

定価はカバーに
表示してあります

2020年5月10日　第1刷

著　者　林《はやし》　真《ま》理《り》子《こ》

発行者　花田朋子

発行所　株式会社　文藝春秋

東京都千代田区紀尾井町3-23　〒102-8008
TEL　03・3265・1211(代)
文藝春秋ホームページ　http://www.bunshun.co.jp

落丁、乱丁本は、お手数ですが小社製作部宛お送り下さい。送料小社負担でお取替致します。

印刷製本・凸版印刷

Printed in Japan
ISBN978-4-16-791490-5

（　）内は解説者。品切の節はご容赦下さい。

林　真理子
わたし、結婚できますか？
ついに「週刊新潮」山口瞳氏の連載記録を抜いて、前人未到の32年目に突入！　ＩＳの犠牲になった後藤健二さん、本を出版した少年Ａなど時事ネタから小林麻耶さんとの対談まで収録。
は-3-53

林　真理子
「結婚」まで　よりぬき80s
時代のスター作家として三浦和義・ダイアナ妃らと交流、自らの結婚式を感動レポート。伝説の名言至言満載、30年分の名物連載から80年代を選り抜いた傑作エッセイ集。（田辺聖子）
は-3-45

林　真理子
「中年」突入！　ときめき90s
雅子さまを迎える皇室の激動、松田聖子の離婚再婚、90年代バブル弾けた日本の男女にドラマティックはあるのか!?　名作「最初で最後の出産記」収録の傑作エッセイ集第二弾。
は-3-46

林　真理子
「美」も「才」も　うぬぼれ00s
ホリエモンのオーラ、東大卒の価値、女の勝負とは——国民的ミーハー魂と鋭い視線は、50代に突入しても変化なし！　連載30年分からの選り抜き傑作エッセイ集第三弾！
は-3-47

林　真理子
林真理子の名作読本
文学少女だった著者が、「放浪記」『斜陽』『嵐が丘』など、今までに感動した世界の名作五十四冊を解説した読書案内。また簡潔平明な内容で反響を呼んだ「林真理子の文章読本」を併録。
は-3-27

林　真理子
不機嫌な果実
三十二歳の水越麻也子は、自分を顧みない夫に対する密かな復讐として、元恋人や歳下の音楽評論家と不倫を重ねるが……。男女の愛情の虚実を醒めた視点で痛烈に描いた、傑作恋愛小説。
は-3-20

（　）内は解説者。品切の節はご容赦下さい。

野ばら
林 真理子
宝塚の娘役の千花と親友でライターの萌。花の盛りのように美しいヒロイン達の日々は、退屈な現実や叶わぬ恋によってゆっくりと翳りを帯びていく。華やかな平成版「細雪」。（酒井順子）
は-3-29

最終便に間に合えば
林 真理子
新進のフラワーデザイナーとして訪れた旅先で、7年ぶりに再会した昔の男。冷めた大人の孤独と狡猾さがお互いを探り合う会話に満ちた、直木賞受賞作を含むあざやかな傑作短編集。
は-3-38

下流の宴
林 真理子
中流家庭の主婦・由美子の悩みは、高校中退した息子が連れてきた下品な娘。「うちは〝下流〟になるの!?」現代の格差と人間模様を赤裸々に描ききった傑作長編。（桐野夏生）
は-3-39

満ちたりぬ月
林 真理子
「私、やり直したい」。結婚生活が崩壊した絵美子は、仕事で成功している短大時代の友人・圭に頼るが。家庭とキャリア、女の幸せ、嫉妬という普遍が生き生きと描かれた傑作長編。
は-3-44

最高のオバハン
中島ハルコの恋愛相談室
林 真理子
中島ハルコ、52歳。金持ちなのにドケチで口の悪さは天下一品。嫌われても仕方がないほど自分勝手な性格なのに、なぜか悩み事を抱えた人間が寄ってくる。痛快エンタテインメント！
は-3-51

運命はこうして変えなさい
賢女の極意120
林 真理子
恋愛、結婚、男、家族、老後……作家生活30年の中から生まれた金言格言たち。人生との上手なつき合い方がわかる、ときめく言葉の数々は、まさに「運命を変える言葉」なのです！
は-3-52